Fan
ファン文庫

迷宮のキャンバス

著　国沢裕

マイナビ出版

CONTENTS

プロローグ

ふいに突風が起こった。

その風は、佐久良香純《さくらかすみ》の淡いピンク色のスプリングコートのすそを、大きく巻きあげる。

「——ちょっと！　なんなのよ、この風……」

ボタンを留めていなかったコートの前を両手で押さえながら、頬を赤らめた香純は、うっかり声をあげた。だが、語尾を小さくさせながら、慌てて周囲を見まわす。幸いにも、歩道橋を渡っている香純の前後に人影はない。

三月の中旬。そろそろ夕暮れがはじまる街の中を、春一番が吹きぬけた。

誰も見ていないことを確認しながらも、香純は、態勢を立てなおすように小さく咳払いをする。そして、なにげなく視線を歩道橋の下へと向けた。

そこは信号が変わった直後らしく、駅からでてきた人々が一斉に、横断歩道を歩きだす光景が広がっている。

いつもと変わらない風景であった。

しかし、ふと香純の視線が、ある人物へと注がれる。

横断歩道へ向かって流れていく人波が、その手前で立ち止まっている男を避けるように二手に分かれ、ふたたび合流するさまがうかがえた。動き続ける人々の中で立ち止まっているひとりの男の存在は、なぜか時の流れに逆らっているかのように、香純には浮いて感じられる。

歩道橋の上から眺めている香純からは、彼の表情は見えない。四角く梱包された、大きくて平たい荷物を肩にかけるように背負っていた。時折、きつい風に煽《あお》られるように黒いコートをはためかせ、飛ばされないように帽子を片手で押さえながら、長身の男はじっと一点を見つめて佇《たたず》んでいた。

やがて、信号が点滅をはじめ、横断歩道を渡りきろうと走りだす人がでてきたとき、香純は我に返る。彼女はおもむろに歩きだすと、駅とは逆の、その彼のいる方向へと続く階段を一気に駆けおりた。

だが、香純が地上へおりたときには、もう先ほどの男の姿はなかった。

「――なにやってんだろう？　わたしったら……」

香純は、男の立っていたところまでやってくると、その場でぐるりとあたりを見まわしてつぶやいた。

たまたま目についた見知らぬ男に興味を覚えるなんて、本当にどうかしている。

だが、あの人は、こんな道の真ん中で立ち止まって、いったいなにを眺めていたのだろうという好奇心も湧いていた。

香純は、男が顔を向けていたほうへと視線を向ける。そこには、ファッションビルが建ち並んでおり、その道路に面したインフォメーションセンターのガラスの内側には、映画やコンサート、そして絵画展のポスターが貼られていた。

――あのポスターを眺めていただけなのだろうか。

ぼんやりと考えていた香純だが、ハッとして、茜色から濃紺へとグラデーションをなす夕暮れの空を見あげた。

「大変！　家に帰るのが遅くなっちゃう」

香純は小さく叫ぶ。

そして、慌てて青になった横断歩道のほうへと振り向くと駆けだした。

第一話

子犬と眼鏡とサングラス

午後三時。甘い香りさえ漂ってくるような爽やかな五月の風に吹かれながら、香純はうきうきとした足どりで、自宅へ向かって歩いていた。

彼女が胸もとで大事そうに抱えているものは、大きな白い紙袋。その中には、買ったばかりの絵画がおさめられている。

香純が住む街は、東京都下とはいえ商業的な賑わいと自然のバランスがよく、なかなか人気が高い。彼女は、そこから都心とは反対方向に電車で三十分ほど離れた、別の市にある四年制大学の文学部へ通う学生だ。

耳の下で切りそろえ、重く見えないようにとマニキュアで少し染めた髪は、軽やかな風に吹かれて揺らめいている。目鼻立ちがはっきりとして愛嬌のある卵型の顔は、それほど悪くないと本人は思っているが、若さを理由に、ほとんど化粧気がない。

レギュラーにはなれなかったが、高校時代にテニス部に所属して鍛えた体は、ごく標準的な体型である。今日のスタイルはブラウン系のカジュアルなパンツスーツで、靴は同色のローファーだ。スーツのように一式揃った服装は、香純の中では頭を使わない楽な装いだった。アクセサリーにはこだわりがないため、ほとんど身につけていない。

外見を気にしない香純は、友人いわく、やや女子力の低い女子大生だった。

そんな彼女には、大学からの帰り道にときどき立ちよる雑貨店がある。そこは以前から古美術《アンティーク》も扱っていると謳《うた》っていた。普段は店内の入り口付近を見てまわる香純だったが、その日は思いたっておそるおそる店奥まで足を踏み入れてみた。なぜなら、店内に飾られていた絵が偶然にも彼女の視界に入り、その絵にひと目惚れをしたからだ。

会計をしながら、断じて衝動買いではないと、香純は心の中でつぶやいた。飾る場所は決めてある。玄関を入ったところにあるシューズラックの上は白い壁紙だけで殺風景だと、ずっと前から思っていたからだ。


もうすぐ家が見えてくるというあたりにさしかかると、香純は近所に住む小学一年生の女の子と出会った。この時期の一年生は、下校時間が早いらしい。

両肩のあたりと短ズボンが紺色の白い体操服姿で、ちょこんと両耳の横でくくった髪を揺らし、少女は嬉しそうに近寄ってきた。大きな赤いランドセルを背負って一生懸命に歩きながら、ようやく香純の横へ並ぶと、上気した頬を向けて無邪気に声をかけてくる。

「かすみちゃ～ん、ジョシダイセイはたのしい？」

「楽しいよ。理子《りこ》ちゃんも小学校は楽しい？」

「うん。おともだちがたくさんできたよ」

黒目勝ちの目を物怖じせずに香純へ向けると、理子は満面の笑みを見せる。

「そうかぁ。よかったね」

香純もつられて笑顔になる。そして、ふたりは少女の自宅の門の前で立ち止まった。左手で紙袋を支えた香純は、右手を軽く浮かせて小さく理子へ手を振る。理子も、嬉しそうな笑顔のままで、両手をあげて振り返してきた。

いつまでも手を振り続けている理子を背に感じながら、香純はふたたび歩きだす。

だが、数歩も行かないうちに後ろから、明らかに理子とはちがう男の声がかけられた。

「すみません、お嬢さん。少しお時間、よろしいですか？」

自分に向けられた声だと気づいた香純は、すぐに立ち止まって振り返る。

すると、離れた位置から香純のほうへ歩を進めながら、ひとりの男が腰を屈めて、頭の上の帽子の前を少し持ちあげてみせた。それからおもむろに、男はかけていたサングラスをはずす。

いかにも胡散臭《うさんくさ》そうな男の姿容は、ひと言で表すと、不審者風といえようか。

うつむき加減で黒っぽい帽子を目深にかぶっているために、底光りする瞳が帽子の縁からのぞいていた。横から見える髪は肩を超すくらいに長くてウエーブがかかっている。そして、鼻の下と顎《あご》に髭《ひげ》。はっきりとした人相がわからず、いかにも怪しい。

身長はかなりあるが、細身の体躯《たいく》で、グレーのシャツに黒い薄手のコートを羽織っている。

そして、首にかけられたネックレスや、指にいくつもはめている細工を施したシルバーリングは、財産を持たない浮浪者には見えない代わりに、より正体不明な不気味さを男に添えていた。

その男は、振り返って目を見開く香純へ向かって、ニッと笑いかける。そして、片手に持っていたサングラスをぶらぶらと振りながら、香純の抱えている紙袋を指さすと、頭をかたむけて口を開いた。

「お嬢さん。突然ですみませんが、あなたが先ほど手に入れたその絵、こちらへ譲ってもらえませんかね？」

最初、なんのことを言われたのかわからなかった香純は、ぽかんと口をひらく。

するど、男はふたたび彼女へ呼びかけた。

「聞こえてます？　あなたが先ほど雑貨屋さんで手に入れたその絵、こちらへ譲ってもらいたいんですがねえ」

「――お断りします」

香純は、きっぱり言い放った。ようやく回りだした頭の中で次々と言葉が浮かんできては、口から飛びだしてくる。

「ちょっと、いきなりなんですか？　あなた！　雑貨屋さんって……もしかして、わたしのあとをつけてきたんですか？　それに、突然絵を譲ってほしいだなんてずうずうしいんじゃありませんか？」

「若い娘さんが、そんな怖い顔をしなさんなって。理由を聞いてくれるっていうなら、こちらも順序立てて話をさせていただきますから。それに、あなたが店で払った分は、ちゃんと全額返しますし、少々なら上乗せをしてもいい」

「気に入って買ってきた絵を、はい、そうですかって簡単に手放す気にはなりません！それに面識のない方の話を聞く気もありません」

「いや、それじゃあ、こっちが困るわけで。——参ったなあ」

男は、サングラスのテンプルを指のあいだにはさんで、顎をなでながら考えるそぶりをみせた。口もとにかすかな笑みを浮かべたその様子は、本当に困っているのかどうかわからない。

正体不明でつかみどころのない男を睨みつけながら、香純は黙りこむ。

なによ、この絵が本当にほしいの？

それとも、この男、わたしにただ絡んできているだけ？

そんな胡散臭い男の言うことなんか、なにがなんでも聞くものかと思った香純は、この場から堂々と追っぱらおうと考える。彼女の頭には、危険だから逃げる、という選択肢はなかった。

すると。

「路上で若い女性に声をかける不審者がいると、警察を呼びましょうか？」

ふいに目の前の男の背後から、よく通る声がかけられた。

驚いたように振り返った男と香純の目に飛びこんできた姿は、徒歩圏内にある進学校の制服を着た少年だった。

その少年の姿を目にしたとたんに、香純は、苦虫を噛み潰したような表情になる。

真っ黒な髪に黒いブレザーを身につけた彼は飾り気がなく、いかにも優等生然としていた。カバンを肩にかけ、両手をズボンのポケットに突っ込んで、じっとこちらを凝視して立っている。

　少年の淡々とした口調と眼鏡の奥の威嚇《いかく》するような眼光が、小柄な高校生のものとは思えなかったらしく、男は眇《すが》めるように目を細めた。そして、こちらも威嚇するように上体を乗りだす。

　ふたりが睨みあっているあいだに、ふと思いついた香純は、肩にかけていたバッグの中を急いでさぐった。目的の携帯をとりだすと、プッシュボタンを押すべくかまえながら、ふたりに向かって叫ぶ。

「ちょっと、あなた！　さっさとどこかへ行ってもらえますか？　じゃないと、本当に警察を呼んじゃいますから！」

　ほらほら、押しますよと見せつけながら、香純は声を張りあげる。

　すると、少年から香純のほうへ振り返った男は、小さなため息をついた。口もとにお愛想のような笑みを浮かべ、あとずさる。

「この場では、あまり穏便に話を聞いてもらえそうにないなあ。日を改めてうかがわせてもらいますよ。それまで絵を大事に保管しといてくださいよ」

　そう告げると、男はあっさりと香純へ背を向ける。そのまま無言でゆっくりと歩きだした。

　男は少年とすれちがいざま、一瞬だけ視線を絡める。だが、なにも言わずに立ち去る様子を確認した香純は、大きく安堵のため息をついた。

そのとき、ゆるやかな風が舞い起こった。香純のそばを吹きぬけ、やがて、離れていく男の黒いコートのすそをはためかせる。

その瞬間、香純は、あっと思った。

——いまの男の人は、見覚えがある……。

そうだ。以前、歩道橋の上から妙に目を惹きつけた人ではないだろうか？

いや、あのときの彼は遠目でうろ覚えだった。他人のそら似の可能性が大きい。第一、そうだからといってなにがあるわけでもない。

「香純さん」

男の背をぼんやりと見つめていた香純は、ふいに名前を呼ばれて我に返る。そして、声をかけてきた少年のほうへと顔を向けた。

一応、彼が男を追っぱらったことになるのだろうか。

だったら、お礼を言うべきなのだろうか。

そう思いながらも、香純は素直にお礼を言いたくない気分だった。

なぜなら、この彼は香純もよく知るご近所さんなのだ。それも、普段は会いたくもない生意気な年下の少年だった。

父親が警察の、それも上層部に勤めているという彼は江沼聡《えぬまさとし》という名で、見た目も頭の中も真面目な優等生だ。校区の関係で小学校は別々だったが、三学年離れているため、香純が高校へ進学するとき、彼は香純のいた中学へとあがった。同時期に同じ学校へ通ったことこそないが、ご近所なので、彼の出来のよさは香純のところまで聞こえてくる。彼の通う進学校は、香純が卒業した高校より、一〇ほど偏差値が高い。

高校一年のある日、自治会イベントとなる町内ビンゴ大会にかりだされた香純は、聡とともに景品渡しの担当となった。そのとき、香純はご近所さんなのだから仲良くやろうと、思いきって彼に声をかけたのだ。

「聡くん、中学には慣れたかな？　成績がいいって近所でも評判よ。なにかわからないことや困ったことがあったら、わたしに遠慮なく聞いてね」

にこやかに、ちょっとお姉さんぶって声をかけた香純へ、彼は無表情で返してきた。

「香純さんのことは、なんの評判も聞こえてきませんね」

その言葉がどういう意味かわからず、一瞬ぽかんとした香純から視線をそらすと、彼はすぐに自分の仕事へと戻る。

なんの評判も聞かないって……？　それは、悪い噂を聞かないいい子だということだろうか。あるいは、箸にも棒にもかからない、噂にさえならない残念な子という意味だろうか。

どちらにしろ、香純は彼によい印象が持てず、その日以来、会えば言い争いの記憶しかない。無愛想で社交性のかけらもない彼の態度に、いつも香純は腹立たしさを感じていた。

それでも今回は、不審な男を追っぱらってくれたお礼を言うべきだと考え、香純はタイミングをはかる。

するると、聡は香純より先に、呆れたような、というよりもばかにした目で諭すように告げた。

「香純さん。道案内レベルの話じゃなかったでしょ？　若い女性が不用心に見知らぬ男の話を聞いちゃ、だめなんじゃないですか？　さっさと逃げだせばよかったでしょう？」

その言い草に、思わず香純は目を見開いた。口まで開いていたかもしれない。

だが、すぐに我に返ると、香純は言い返した。

「ちょっと。あなたにそんな風に言われる筋合いはないわ。あんな男くらい、わたしひとりで追っぱらえたもの。そういうあなたも、なんで無関係のくせに話に割りこんでくるかなあ」

唇を尖らせながら、香純は文句を並べた。

「それになに？　あなたが警察を呼ぼうかって言ったくせに、携帯をかけるそぶりも見せなかったじゃない？　あなた、本当に助ける気があったの？　ただの野次馬だったんじゃないの？」

「いまは学校帰りなんですよ。高校へは不要物を持っていきませんから。でも、いざとなったら不審者を取りおさえるくらいのことはやりますよ」

静かな口調でそう告げた聡は、さらに言葉を続ける。

「理子が、おねえちゃんが困っているから助けてって呼びにきたんです。俺も、他人の揉め事に首を突っ込む気はなかったんですけれどね」

そう無感情に告げた聡の後ろから、怯えた目をした理子が顔をのぞかせた。

心配そうな小学生の顔を見たとたんに、香純はたちまち毒気を抜かれる。

そうか。家の前でずっと手を振っていた理子ちゃんは、わたしがあの男に声をかけられるところを目撃したんだ。それで、わたしが困っていると感じた理子ちゃんが、顔見知りのご近所さんである彼を見つけて、ここまで引っぱってきたのか。

そう考えた香純は、聡と理子のほうへと近づいた。そして、しゃがみこむと、香純は理子に目線の高さを合わせてお礼を言った。

「そうだったんだ。——理子ちゃん、ありがとね」

すると、ようやく理子は、安心したように口もとをほころばせた。香純も、つられて笑みを浮かべる。

その様子を眺めていた聡が声をかけた。

「それじゃあ、これからは用心してくださいよ。——理子、家まで送っていくよ」

そう告げると、聡は体の向きを変えながら理子へと片手をのばした。その手にすがりついた理子は、振り返って香純に手を振りながら歩きだす。

嬉しそうに飛び跳ねながら家のほうへ去っていく理子に手を振っていた香純は、ふいにハッと気がついた。

——ん？　なんだか最後、上から目線の言い方じゃなかった？　高校生のくせに、年上に向かって生意気！

一応助けてもらったが、うっかりお礼を言うのも忘れてしまった香純は、これで帳消しとばかりに、聡の後ろ姿に向かってこぶしを振りあげる真似をしてみせる。

それから踵《きびす》を返すと、むくれながらも紙袋を抱えなおし、自宅へと向かって歩きだした。


「いいじゃない？　殺風景な玄関だったけれど、少しおもてなし度がアップした感じ」

香純は、まるで大きな仕事をやり遂げたあとのように、一歩下がると、たったいま飾り終えたばかりの絵を眺め、腕を組んでにんまりとした。

うなずきながら、じっくりと鑑賞する。

その絵の中央に描かれているのは、可愛らしい犬だ。

鼻ペチャで愛嬌のある顔に、くりくりっとした黒いつぶらな瞳。店でその愛くるしい姿を見かけたとたんに、可愛いもの好きの彼女の目が、釘付けとなったのだ。

犬の体を覆う薄茶色の毛は長めで、一本一本の流れがとてもきれいに描かれている。

部屋の中での風景らしく、木目の床に、向かって右に頭を向けた犬の前方には緑の布が敷かれていた。この犬のために作られた寝床なのだろうか。

全体的に明るい色でまとめられた、二十センチ四方の絵画だ。

足繁く通っていた香純と顔見知りとなっている若い店員は、無名の画家の作品だが、ちゃんとした油絵でお勧めだと彼女に告げていた。絵の左下には、その無名の画家のものらしきサインが入っている。

飾ってみてもすてき。小さい絵ながらも、ちゃんと額装されているから、この場が格調高くなった気がする。わたしって、なかなか絵を見る目があるんじゃない？

そんなことを思いながら、香純は、自画自賛でいつまでも絵を眺めていた。


その夜は、早めに会社から帰ってきた父親を交えて、香純は和やかな夕食の時間を過ごしていた。

魚の骨を箸でとりながら、思いだしたように母親が口を開く。

「ちょっと、香純。玄関の絵。なんで犬の絵なの？　お母さんとしては、花の絵のほうが玄関らしい気がするんだけれど」

「だって、気に入ったんだもん」

「あ、それだったら、花の絵も買ってきて、その日の気分でとりかえるなんてどう？」

「え～」

唇を尖らせながら、香純は豆腐の味噌汁へ手をのばす。

すると、ふいに、母親はちがう話題を振ってきた。

「そういえば、香純。あなた、今日の昼間に道で不審者に声をかけられていたんだって？　まったく不用心なんだから。その年になって知らない人についていくなんてしないでよ。気をつけなさいね」

香純は、味噌汁で盛大にむせた。

それまで会話に興味を持っていなかったらしい父親も、そんな香純の様子に関心を抱いたように、料理から顔をあげる。

「ほらほら。なんでこんなにそそっかしいんだろうね、本当。誰に似たのかねぇ」

テーブルの上を拭きながら、顔をしかめた母親は言葉を続ける。

呼吸を整えてから、香純は母親を見た。彼女の脳裏には、あどけない理子の顔が浮かんだが、まさかと思いつつ口を開く。

「お母さん。その話、なんで知っているの？」

「近所の聡くんに追っぱらってもらったんでしょう？　パート帰りに、あそこの奥さんと偶然出会って聞いたのよ」

「聡くんか、ああ。あの、親御さんが警察にお勤めの」

父親も、思いあたったような顔になってうなずいた。

「奥さんから話を聞かされて、お母さん、顔から火がでるほど恥ずかしかったわよ。うちの娘がこんなにぼんやり屋さんだなんて……」

父親に向かって説明を続ける母親の声を聞きながら、香純は羞恥で黙りこんだ。

あの高校生！　家に帰るなり、わたしの出来事を親に報告したんだ！　親が警察官だからって、本人も正義漢ぶった態度をとっちゃって！

夕食の味がわからなくなるくらい、香純の中で、ふつふつと怒りが湧いてくる。だが、唇を尖らせたまま、香純は黙って母親の言葉を聞いているしかなかった。

よけいな口をはさめば、母親の小言を長引かせるだけだ。

「聡くんは、近所でも真面目で、よくできたいい子だってもっぱらの評判だものねぇ。香純も聡くんくらい、勉強ができてしっかりしていたらねぇ」

やっと、そう締めくくるように言ってため息をついた母親の顔を、香純は上目づかいでうかがった。

そして、ため息をつきたいのはこっちのほうだと、香純は心の中でそっとつぶやく。

ただでさえ、学年もなにも接点がないのに比較され、そのうえ告げ口をする面倒なご近所さんとして、香純の中で聡の印象は最悪になった。

その聡の姿を、香純は、次の日の午後にも見かけることになった。大学の帰りに、家の近所の横断歩道で、偶然信号待ちをしていた彼を発見したのだ。

昨日と同じように制服姿で、どうやら高校の帰りらしい。こんなに早い時間に学校をでるということは、どこにも所属していない帰宅部なのだろうかと、香純は首をかしげて推測する。

関わりたくないご近所さんだ。本当は無視をしてもよかった。だが、親への告げ口は許せない。たとえ、八つ当たりと言われようと、文句のひとつも……。いや、いっそ仕返ししてやろう。

そんな思いを抱きながら、香純は、そっと彼の背後へと忍びよった。

さあ、後ろから両肩をつかんで驚かしてやろうか。耳もとで、わっと叫んでやろうか。

香純は、喉の奥でくっくっと笑いながら両手をあげる。そして、いざ飛びかかろうとしたとき。

「横断歩道で突きとばすような真似だけは、やめてもらえませんかね」

流し目を送るように振り返りながら、聡は呆れた声をだした。

香純は両手をあげたまま、その場で凍りつく。

「――え～っと……」

「それだけ殺気をみなぎらせていたら、後ろを見なくてもわかりますよ。まさか、驚かそうだなんて子どもじみた真似を、大学生にもなってするつもりじゃないでしょうね」

眼鏡の奥から無表情で凝視され、両手の行き場をなくした香純は、頭を掻きながら言葉を探す。そして、ようやく当初の目的を思いだした。

聡の顔先《かおさき》へ指を突きつけ、香純は、主導権を握るように声に怒気をこめる。

「そうよ。ちょっと、聡くん。昨日のことを、なにも親に告げ口をすること、なかったんじゃない？」

「知られて困ること？　だったら、自分で気をつけなきゃ。ご近所で揉め事を起こさないでほしいですね」

「生意気！　高校生のくせに」

「年上と気取るなら大学生らしく、もう少し周囲に気を配った行動をしてもらいたいものですね」

むむ。失礼な。

香純は戦略を変える。おもむろに大人的な余裕の笑みを口もとへ刻みながら、聡へ向かって厳《おごそ》かに声をだした。

「聡くん。まず目上の者に対する礼儀から教えないといけないようね」

「俺に教えるためには、まず香純さんご自身が理解していないと難しいと思います」

むむ。ますます失礼な。

同じ方向へ歩いているため成り行きで、香純と聡は、肩を並べながら小声で文句を言いあう。前を向いたままのらりくらりと返してくる聡を横目で睨みつけ、香純は思いつく限りの言葉を並べていった。

会話がヒートアップするとともに、歩く速度もあがってくる。

だが、道の角を曲がろうとしたとき、ふいに立ち止まった聡に二の腕をつかまれ、香純は危うくつんのめりそうになる。

文句を口にしかけた香純は、目の前に姿を現した男に気がついて凍りついた。

「昨日の話の続き、近くの喫茶店で事情を説明させてもらえませんかね？　警戒をされるのなら、そちらはおふたりでかまいませんので」

昨日と変わらない風体《ふうてい》のサングラスの男は、ニッと口もとへ笑みを浮かべた。

その場から見えるところにあった小さな喫茶店へと入ると、窓際の四人掛けの席へと案内された。

◇◇◇

目の前に座った男は店員へ三人分の珈琲を頼んだあと、おもむろにサングラスをはずしてコートの胸ポケットへ引っ掛けた。聡と並んで腰をおろした香純は、男のその流れるような動作をじっと見る。自宅の近くで、しかも店の中であれば、そうそう妙なことにならないだろうという安心感が、今日は香純に余裕をつくってくれた。

男の年齢は、自分より十歳くらい上だろうか。妙に格好よく思える彼の動きは、父親を含め、おそらく香純の周囲では過去に出会ったことのないタイプだった。

彼はそのままコートの内側へ手を入れ、懐から取りだした名刺を一枚、テーブルの上に置く。香純は身を乗りだして、名刺をじっと見つめた。名前の上にある肩書きらしきものが、絵画専門バイヤーとなっていた。

小首をかしげて、香純は名前を声にだしてみる。

「――高科《たかしな》さん？」

「高科《たかとう》って読むんですよ。よく見てください。のぎへんじゃないでしょ？　高科秋晴《しゅうせい》と申します」

右ひじをテーブルについて前屈みになりながら、人差し指で名刺の名前を指す。その指先を名前の上方へ滑らせて言葉を続けた。

「バイヤーって肩書きをつけているが、別に大層なものじゃない。要は、絵画をほしがる依頼人のために、個人で探して見つけてあげる仕事みたいなものですよ」

ふうんと相槌《あいづち》を打った香純の横で、やおら聡が身を乗りだした。

「絵画専門？」

そうたずねた聡の瞳が、いままでの無表情のイメージを覆すくらいに、好奇心という感情を見せる。意外な気がして目を瞠《みは》った香純の前で、高科は嬉しそうな声をあげた。

「お？　もしかして、絵画に興味がおありで？」

「芸術と名のつくもの全般が好きですね」

「それはそれは。きみとは話が合いそうで嬉しいねえ」

そう言ったあと、高科はふいに、疎外感を抱いた表情で口を尖らせ椅子の背にもたれた香純のほうへ、顔を向けた。

「それで、きみやあなたというのも他人行儀だし、名前を聞いてもいいかな？　彼女のほうは、昨日のうちに表札で佐久良さんって苗字だけは確認しているが」

そのとたんに、ようやく話す機会が与えられた香純は、うっかり勢いよく口を開いてしまった。

「香純です！」

びしっと親指を立てて名乗った香純の隣で、無表情に戻った聡が、そのあとを続けた。

「俺は遠慮します。きみでけっこうですよ。知らない人に、むやみに名前を教えるなって言われていますから」

「ちょっと？　聡くん？」

とたんに眉根を寄せた聡と大声をあげた香純を、高科は、にやにや笑って見くらべる。

「香純ちゃんと聡だな」

「いきなり俺は呼び捨て」

「ちゃんづけって！　わたしをいくつだと思っているんですか？」

「それに高科さん。表札を確認したってことは、あのあと結局、香純さんのあとをつけたってことですか」

ふたりの抗議の声をあっさり聞きながすと、高科は、聡のほうへ視線を留めた。

彼の顔から胸もとへと目線をさげる。

「——そういや、聡の制服に見覚えがあると思ったら、俺の通っていた高校の制服じゃねぇか。となると、聡は俺の後輩になるな」

「へえ。もしかして、高科さんはこのあたりの出身なんですか？」

ちょっと驚いたように目を見開いた聡は聞き返す。その声音の含む意味に、香純はなんとなく気がついた。

聡の通う高校は、このあたりでは進学校だ。とすると、高科の学歴も、そこそこ悪くないのではと予想ができる。

「まあね。俺は、中学高校と美術部でね。大学も地方になるが美大へ進んだうえに、いまでは絵画専門のバイヤーってね」

そう言って、高科は屈託なく笑った。

表情豊かなその笑顔に、香純は一瞬興味を覚える。そのとき、香純はまた、歩道橋の上から見かけた男のことを思いだした。

目の前にいる高科は、あのときの男の風体にそっくりだ。だが、受ける印象が正反対だった。表情豊かでよく笑う高科からは、あのとき、人の波に逆らって立ちつくしていたイメージが重ならない。

ふいに、香純は、横から送られてくる意味ありげな聡の視線に気づいた。慌てて彼女は視線を高科からそらし、表情を引きしめる。

――あのときの男と高科は別人にちがいない。いまは、目の前の問題よ。

「それで、さっそく本題だが」

注文した珈琲が置かれたあと、高科は、顎鬚《ひげ》に手を添えながら話を切りだした。

「俺の仕事は、絵画を安く手に入れ高く転売するブローカーじゃない。いい絵画を求める顧客と、いい作品を描く画家の仲立ちをする、店舗を持たない自由な画廊主と思ってもらいたいね。その顧客だが、俺のセンスを信用してくれている依頼人が、飾る絵を選んでほしいってタイプと、ある特定の絵を探して見つけてきてほしいってタイプがある。そして、今回の依頼人は、後者なんだよ」

そこまで聞いた香純は、すぐにピンとくる。

それが合っているのかどうかを考える前に、彼女は声にだしていた。

「それじゃあ、わたしの買った犬の絵をほしいって人がいるわけ？　でも、あの絵は店員さんから、無名の画家の絵だって聞いたけど？」

無名の画家の絵なのに、わざわざその絵を指定までしてほしがる人がいるのだろうか。

すると、高科は大きくうなずいた。

「画家が有名か無名かってところは、今回は関係ないんだよな。依頼人は、あの犬の絵をほしがっている。――あの絵が、新品ではないって気がついているかい？」

「ええ。それはわかっているけど」

絵画は古美術と同じで、古くても価値があって売り買いされているくらいは香純でも知っている。ピカソやゴッホなどを考えれば、容易に想像できるというものだ。

だが、あの絵に関しては気に入っているが、名画かと問われれば、香純は首をかしげてしまうだろう。

「香純ちゃんが、話を聞いて値をつりあげるような極悪人じゃないことを祈って説明すると……。依頼人は、あの描かれている犬の飼い主なんだ。絵を描いた無名の画家は、依頼人の知り合いらしい」

「犬の飼い主が依頼人……」

「可愛がっていた飼い犬が、最近になって亡くなったそうだ。依頼人は、生前の飼い犬の写真を撮ったことがなく、過去に飼い犬をモデルに知り合いの画家が描いた絵だけが、唯一姿を残したものだそうだ」

「それで、その画家の描いた飼い犬の絵を、偶然わたしが手に入れたってことですか」

香純の言葉に、高科はうなずいた。

「そう。その知り合いの画家から、依頼人は、一度は絵を受け取ったらしい。ところが、うっかり依頼人の家族が絵を手放してしまい、慌てて依頼人は取りもどそうと俺に頼んだ。そのルートをたどっていた俺は、ようやく雑貨屋までたどりついたが、その数分の差で、先に香純ちゃんに買われてしまったというわけ」

「依頼人と家族とのあいだに、ずいぶん飼い犬に対しての温度差があるんですね」

ぼそっと、香純の隣で聡がつぶやく。

高科は、口角を片方だけ引きあげながら肩をすくめた。

「他人さまの家庭の事情は、俺にもよくわからんよ。だが、頼まれた絵画を探しだして確実に届けるのが、俺の仕事だからな」

この話を聞いた香純は、椅子の背にもたれて瞳を閉じる。

たしかに、ひと目惚れをした絵を手放すのは残念だ。でも、話を聞くと、その依頼人の気持ちもよくわかる。

その絵じゃないと絶対だめだというわけでもない自分に対して、絶対にその絵じゃないといけない依頼人。ここは、潔く絵を返すべきだろうな……。

などと香純が考えこんでいるあいだに、聡が口を開いた。

「高科さん、絵画における鑑定眼はありますよね？　高科さんから見て、その絵は金銭的価値があると思いますか？」

その問いに、高科はすぐに首を横へ振りながら返事をした。

「実際に絵を観てみないとわからんが、これまで聞いたことのない無名画家だから、やはりネームバリューからして、たいした値段はつかないだろうね」

「絵画の価値って、画家の賞歴や活動内容から、絵画を扱う画商が決定するって聞いたことがありますけれど」

「画家の名前で調べたが、賞歴もなく契約を結んでいる画廊もない。現在進行形で意欲的に描いている様子もないな」

「いかにも高値がつきそうにないですね」

「値段という意味ではそうなるかな。ただ、絵の価値は持ち主や観る者が決めるからね。値段と価値が必ずしもイコールであるとは、一概には言えないものだから」

ふたりの会話を聞きながら、香純の心は決まった。

目の前のカップを持ちあげると、冷めた珈琲をひとくち飲んで喉をうるおす。

それから、香純はおもむろに高科のほうへと顔を向けて告げた。

「わかりました。絵を飼い主の方へお返しします。でも、条件ってほどじゃないんですが。絵は宅配で送るんですか？　もし手渡しなら、その依頼人さんのところへ絵を持っていくとき、わたしもついていきたいんですけど」

香純の言葉を聞いた高科は、ちょっと考える顔をした。顎鬚をなでながら、頭の中で予定を組みたてるようにゆっくりつぶやく。

「そうだな。――今回の依頼人は、車で一時間もかからんところだな。手もとに戻ってくるのなら、とにかく早くって感じの様子だったし、香純ちゃんさえよければ、このまま引きとらせてもらって、持っていこうかと思っていたところだし」

「それならＯＫですよね。わたしも絵が、あの犬の飼い主のところへ戻って、ちゃんと手渡されるところを確認したいもの。ね！　聡くん！」

ここまできたら巻き添えだとばかりに、香純は、にっこりと隣の聡へ微笑みかける。

すると、聡は、思いっきり呆れたような顔をした。

◇◇◇

「香純さん。昨日、俺が言ったこと、ちゃんと聞いていました？　素姓のわからない男の言葉を信じるんですか？　画商という仕事は、見いだした作家と契約して育成し、その作品展示と販売が可能な自前の画廊をかまえて、信用と信頼を築いていくものなんです。そういう意味でも画廊を持たない高科さんは、信用できませんよね。たとえ話が本当だとしても、絵を返すだけなら、香純さんがついていく必要ってないと思いますけれど」

「わかってるって。だから聡くんについてきてもらおうと思ったんじゃない」

「俺の都合も確認してほしいですね」

香純が自宅へ戻って玄関の犬の絵をはずしていると、玄関口までついてきた聡が不満そうに言い連ねた。

「俺が行けないって言ったら、香純さんは、よく知りもしない男性とふたりきりで車に乗るんですか？」

「あなたも行けるんでしょ？　だったらいいじゃない。男が細かいことをごちゃごちゃ言わないの」

「香純さんのほうは、もう少し、自分が女性だと自覚したほうがいいと思いますけれど。たとえ女子力が低くても」

「なんですって！」

キッと香純が睨みつけると、ふいっと聡は視線をそらす。

やっぱり、年下のくせに生意気。

続けて文句を言いたいところだが、家の前まで車をまわしてくると言った高料を待たせるわけにはいかないと、香純はぐっとこらえる。

昨日持って帰ってきたときの紙袋を引っぱりだしてきて、聡を睨みながら絵画を入れたとき、車を家の前につけた高料が呼びにきた。

門の前まででてみると、意外にも可愛らしい車が停まっている。

丸みのある黄色っぽいボディ。

香純の家にカバンを置き、制服のままついていくことになった聡が、瞳を煌《きら》めかせて車を見た。

「――カングーとは、高科さんのイメージには似合いませんね。でも、絵画を運ぶには車内空間が広くていいのかな」

「やっぱり男の子だ。高校生でも車に関心があるんだな。香純ちゃん、免許は？」

「免許？　え、まだ持ってないけど……」

父親が運転をしないから家に車はない。そのうえ、交通の便がいい地域に住んでいるため、香純自身が必要に迫られておらず、免許を取ろうという気持ちもない。

「まあ、女の子は、ただ助手席に座っていてもいいかもね」

口の中でつぶやいた聡へ、香純は文句ありげに目を向ける。

そのとき、バイブ設定にしているためか音が聞こえなかったが、高科の持っていた携帯に着信があったようだ。彼は、携帯へ視線を落として操作をしながら、香純に向かって早口で指図する。

「ああ、絵は助手席ね」

そして、すぐに背を向けると耳にあて、高科は小声で話しだした。

命令されたように感じた香純は、少し不服そうに唇を尖らせる。それでも言われたとおり、絵を抱えたまま助手席のドアを開けて中へとすべりこんだ。聡は心得たように、後部座席のドアを開いて運転席の後ろへと乗りこむ。

聡が座ったとたんに、香純が待ちかまえていたように振り向いて口を開いた。

「ところで、ねえ？　カングーって、なぁに？」

香純の言葉に、聡は小さくため息をついてから答える。

「——車の名前です。ルノーというフランスの自動車会社が生産している車の一車種で、ブルゴネットと呼ばれるバン・タイプの自動車で……」

聡の説明はまだ続いていたが、その内容に特別興味を惹かれなかった香純は、車の中を見わたした。香純にとって、めったに乗ることがない車の内部も珍しい。それに、こういうときの女の子というものは目ざといものだ。

持ち主はむさ苦しい風体なのに、車のほうはそうでもない。とくに不要なものは置かれておらず、掃除が行きとどいていた。女性が普段から乗っている印象はない。車の中の空気は清潔で、香水や煙草の臭いも感じられなかった。運転席のドアの内側には、未開封の缶の無糖珈琲が一本置かれている。

居心地のよい車内を見て感心するようにうなずきながら、香純は助手席の前のグローブボックスへ手をのばした。開いてみると、メモ帳やボールペンなど、ちょっとした小物が入っている。

その中に、一枚の写真を見つけた。

香純は、なにげなく手にとってみる。体を斜《はす》にした、ひとりの少女の上半身が目に飛びこんできた。よく見ると、どうやら絵画を写したもののようだ。写真の角が少し丸くなって黄ばんでいるため、かなり年月を感じさせる。

首をかしげた香純へ、背後から、聡の無機質な声がかけられた。

「勝手に開けて、他人の持ち物を見ないほうがいいですよ」

「わかってるわよ。うるさいなあ」

いかにもはじめからそうするつもりでしたと強調するように、香純は慌てて写真をグローブボックスの中へと戻す。

そのとき、高科が外から助手席の窓をコツコツと叩き、ドアを開いた。

「なに乗っているんだよ、香純ちゃん。絵が助手席だと言っただろう？　きみは後ろ」

「なによ。ちゃんと絵を持ってるじゃない」

香純は、大事に抱えている絵を持ちあげてみせる。

すると、車の屋根に手を置いた高科は、座っている香純に目の高さを合わせるように屈んで言った。

「絵だけが前。香純ちゃんは後ろに座るんだ」

「え〜。変なの」

文句を言いつつも、とりあえず香純は絵を持ったまま車をおりる。そして、あらためて後部座席へと乗りこみながら、異議を申したてた。

「大切な絵なのに、単独で助手席にってておかしくない？　大事だからこそ、手で持っていたほうがいいと思うんだけど。普通に考えて、椅子の上に置くだけって扱いが雑じゃないですか？」

「大丈夫。助手席の絵にも、ちゃんとシートベルトをつけるから」

「え〜」

「でも、大切に思う絵画を、荷物のように後ろへ積みたくないって気持ちはわからなくもないですね」

香純の隣に座る聡が、口をはさんできた。

ムッと睨みつけた香純へ、彼は気にした様子もなく言葉を続ける。

「香純さん。その絵、見せてもらえますか」

口を尖らせながらも、香純は紙袋から絵を取りだして、聡へ手渡した。

「依頼人の知り合いの画家の作品だって言っていましたよね。一応売買されているくらいだから、まったくの素人ではないよな。現代画家はあまり詳しくないけれど……」

そうひとりごちながら、まず額縁に指をすべらせた聡は、絵をひっくり返して裏の構造を確認する。

「トンボがない。外れないように裏板と枠を固定しているタイプなのか」

「トンボ？」

香純が首をかしげる気配を察したのか、聡は言葉を付け足した。

「トンボというのは、スライド式の留め具のことです。よく写真立ての裏にあるやつで、香純さんも見たことがあるんじゃないですか？」

　それから表に返してじっと絵を見つめていた聡は、ふいに首をひねった。

「——この犬、どこかで見たことがあるかも」

「そりゃあ、犬なんてたくさんいるし、同じような顔なんだから、いままでに見たことがあるかもね」

　相槌を打つように答えた香純へ、聡は、ばかにしたような声色となる。

「そういう意味じゃない。この筆使いに覚えがある気がする……。香純さん、第一、犬の顔は個々にちがうじゃないですか。あ、自分が区別できないものだから、みんながみんな、見分けがついていないと思いこんでいるのか」

「失礼ね！　見分けくらいついてるわよ！」

　香純は慌てて、聡の手から絵をひったくった。

　本当は、嘘だ。犬種のちがいくらいなら区別はつくが、同じ犬種を顔で見分けられるほど、香純は犬に詳しくない。

　上目づかいとなった香純が、そっと聡の顔をうかがうと、目を細め、じっと香純の手もとにある絵を見つめ続けていた。それがまるで、考えていることくらいお見通しだと言いたげな顔つきに思えて、香純は頭にくる。

「なによ！　なんか文句あるの？」

「——その犬、毛が多少長く見えるけれど、鼻ペチャな顔つきからしてブリュッセル・グリフォンですね。犬の中ではブリーディングが難しいために、比較的値段も割高の犬種だった気がする」

「あなたって、高校生のくせに変なことをよく知っているのね」

香純は、呆れたような声をだした。

よかった。さっきの犬の顔の区別がついていないという話を、彼が引きずっていたわけではなかったようだ。

そう思った香純は、ホッとしつつも、今度はひとつの言葉に引っかかる。

ブリーディングって、なに?

すると、バックミラーで後部座席の様子を見ていたらしい高科が運転席から振り返り、ニッと笑った。

「ブリーディングというのは、本来は品種改良を意図した繁殖のことだ。その犬は、昔から頻繁に改良され過ぎたために、現在では個体を増やすだけの繁殖の難易度もあがってしまったってこと」

どうやら香純は、考えていることが顔にでやすいようだ。

香純は赤面しながらも、片手をさしだしてきた高科へ、素直に絵を紙袋に入れなおして手渡した。恥をかいたついでに気になったので、俗な好奇心だと思いつつ、香純は高科へ聞いてみる。

「高い犬を飼っていて、今回もわざわざあなたを使って犬の絵を買いもどすなんて、けっこうお金持ちの依頼人なのかな」

「さあ、それはどうだろうね。ただ、金持ちかどうかは別として、飼い主が持つ犬に対しての愛情は、お金には換算できないものかもしれん。俺は生き物を飼ったことがないから、よくわからんがな」

香純も、いままで動物を飼ったことがなかったため、ついでに意見を求めるように、隣の聡へと視線を向ける。

すると、彼は無表情であっさりと告げた。

「俺は鳥を飼っていますが、金銭を絡めて考えたことがないですね。まあ、通常は愛情に比例するんじゃないですか？」

「へえ。聡くん、鳥を飼ってるんだ？　なんて名前なの？」

「ぴーちゃん」

そう口にした彼の表情に変化がなかったため、本当なのか冗談なのかわからない。

でも、名付けのセンスはともかく、鳥を飼って名前をつけて世話をしているあたり、意外と可愛いところもあるんじゃないかと香純は考える。

隣に並んで座る生意気な年下の彼を、ちょっぴり微笑ましく感じた。

◇◇◇

一時間ほどかけて移動し、やがて高料が車を停めたところは、一軒ごとの敷地が広くとられた、閑静な住宅街だった。

紙袋を手にした高料や聡とともに車からおりた香純は、その彫刻がほどこされた門の外から家を見あげる。

角地に建てられた家は白を基調とした外壁のシックな外観を持ち、高級感が漂う二階建てで、おしゃれなバルコニーつきだった。駐車場とは別の広い庭がぐるりと囲い、目の高さほどのコンクリートの塀で仕切られている。

「――本当にお金持ちっぽいなあ」

自然と口からこぼれでた感想が聞こえたのか、無表情の聡が、聞こえたら恥ずかしいだろと言わんばかりに香純の背中を小突いた。

そのあいだに、インターホンを押した高料が、営業用スマイルのような表情を浮かべながら、門に向かって声をかける。

「先ほど連絡させていただいた高料です。絵画をお持ちいたしました」

そして、さほど待たされずに、その家の奥さんらしき人が玄関から姿を現した。

玄関からこちらへ向かってくる姿を、香純はのびあがって、閉ざされた門の外からじっと見つめる。

見た目は、ほっそりとしたシルエットの、まだ年若いマダムといった感じだ。やわらかそうな布地でしつらえた上品なブラウスを身につけ、パステル色の長いシェルスカートをふわりとさせながら、門までのスロープを小走りに近寄ってくる。

優雅に巻かれた長い髪に縁どられた顔は、目が大きく鼻が小ぶりのなめらかな頬を持つ美人と言っていい部類で、そこに浮かべられている表情はいかにも嬉しそうだった。絵画の到着を心待ちにしていた様子がうかがえる。

香純は、犬の絵を返せてよかったかもしれないと、その表情で自分を納得させることにした。これで充分、高料についてきた甲斐があったというものだ。

「お待ちしておりましたわ。どうぞお入りになってください」

涼やかな声でそう言いながら、奥さんは解錠して門を開いた。

玄関までの道を歩きながら、香純と聡はきょろきょろと庭を見わたした。

庭は多くの樹が植えられ、センスよく整えられている。

なんとなく、香純は庭の中で犬小屋を探したが、見あたらなかった。だがすぐに、あの絵は室内犬のように描かれていたから、外に置かれていなくて当たり前だと思いなおす。

やがて家の中へと案内された三人は、廊下を進んで応接間へと通された。

広い洋間の中央には、豪華な革張りの応接セットがあり、その向こうには、先ほどの庭全体が望める大きな窓があった。夕方の陽を、部屋の奥までとりこんでいる。

ふいに奥さんが、申しわけなさそうに口を開いた。

「ごめんなさい。いまお手伝いさんが買い物にでてしまっていて。わたしがお茶を淹れてきますので、少々お時間をいただけますでしょうか」

「いえいえ、どうぞおかまいなく。こちらこそ大人数で押しかけてしまって。こちらのお嬢さんが、現在のこの絵の持ち主でしたので、本当にお返しするところをたしかめなきゃ気がすまないとおっしゃるもので。お茶はけっこうですので、こちらも用事が終わりしだい、すぐにおいとまさせてもらいます」

そう言いながらソファに腰をおろした高科は、さっそく紙袋から犬の絵を慎重にとりだした。低いテーブル越しに前へ座った奥さんのほうへと、絵画を向ける。

たちまち奥さんは、ほっとしたように破顔した。

絵を手に取ると、絵の隅に入れられたサインに視線を走らせ、すぐに顔をあげる。

「そう、この絵よ。——よかったわ、これが戻ってきてくれて……」

「それじゃあ、書類のほうに確認のサインを願いますかね」

本当に長居をする気もないらしく、高科はすぐに、別に持っていた封筒の中から書類を取りだし、テーブルの上へと置く。記入する箇所を指示しながら、小声で金額のやり取りをした。

味気のないビジネス風景だなあと、香純は、なにげなくソファの端っこに座って眺めていたが。ふと、隣に座っていた聡が、部屋のあちこちへ視線を走らせていることに気がついた。

いかにも年長者らしい態度に見えるようにと、香純は前を向いたまま彼に上半身をかたむけ、そっとささやきかける。

「こらこら。他人さまの家の中をじろじろ見ない」

「香純さんも、庭ではおのぼりさんのようにキョロキョロしていたじゃないですか」

「なによ。その言い方。あなたも見てたじゃない」

「声が大きい。他人の家の中ですよ。香純さん、静かにしないと迷惑です」

「ちょっと」

香純が聡へ向きなおって、さらに言葉を続ける前に、背後から後頭部を突っつかれた。

座ったままつんのめるところで、今度は前にいた聡が両手で素早く、香純のぶつかりかけた額を受けとめる。

目の前の呆れた表情となっている聡を確認したあと、慌てて振り返った香純の瞳に映るのは、唇の前で人差し指を一本立て、静かにと無言で制する高科の顔。

ちょっと？　これじゃあ、わたしがひとりで騒いでいるみたいじゃない？

誰に向かって文句を言えばいいのかと香純が迷った隙に、聡がそっとささやく。

「ほら。高科さんにも怒られたじゃないですか。香純さん、俺より年長者なら、もう少し落ちつきましょうよ」

しれっと口にした聡を睨みつけながら、黙りこんだ香純は両手をにぎりしめた。

この生意気な高校生を、どうしてくれよう！

「それじゃあ、お邪魔いたしました」

玄関先で振り返り、見送る奥さんへ向かってちょっと帽子を持ちあげた高料は、ニッと笑みを浮かべた。その後ろで香純は指を鳴らしながら、門の外へでる瞬間を待っている。

一歩外へでたら、この小憎たらしい高校生の胸もとをつかみあげてやろうかしら。大丈夫、彼はそんなに背が高くない。

玄関のドアが背後で閉められ、やる気満々の香純は高料のあとに続いて、門までのスロープを歩く。そのあいだに、なにげなく庭に目を向けた香純は、ふいに違和感を覚えた。

「——あれ?」

「ん?」

思わず声にだした香純に敏感に反応した高料は、立ち止まりながら大きく振り返る。勢いよく歩いていた香純は、背の高い高料の胸もとへ顔から突っ込んだ。

「——高料さん、急に立ち止まらないでもらえますぅ?」

「ああ、悪い悪い。で、どうかしたのか?」

笑いながら高料は、鼻を押さえて睨みつける香純の肩をぽんぽんと叩く。そして、香純へ首をかしげてみせた。そんな高料へ向かって、香純は眉をひそめる。

「なんかこの家、変だなって感じたのよ」

「変?」

「うん。そう、——なんだか、この家には飼い犬がいた気配が残っていないっていうか。

亡くなって間がないわりには、犬を飼うために必要なものが、家の外にも中にも全然見あたらない気がして」

「犬を思いだして寂しく感じるから、処分したとかじゃないのか？」

「そうかもしれない。でも、それにしても、食べ物によるだろうけど、家の中に臭いもなにも残っていないなんて」

そこまで口にした香純は、ふと、絵を見た飼い主の彼女の目つきを思いだす。

奥さんの、あの態度。待ち望んだ愛犬の絵が戻ってきたにしては、そっけなさ過ぎる。

思い浮かべる香純の口から、無意識に言葉がこぼれた。

「それに、あの奥さんは絵が戻ってくるのを待っていたけど、犬の姿絵が戻ってくるのを待っていたわけじゃないように思えたのよ……」

「そりゃあ、どういうこった？」

高科の問いに、香純は言葉を詰まらせる。

おかしいと思う。けれど、どこがどう変なのか、香純にはうまく説明ができない。

「香純さんとしては、犬の絵ではない別のものが彼女の目的なのではってことですか？」

聡が要点をかいつまんでくれるのだが、本当に自分が言いたいことがそれなのか、香純には見当もつかなかった。

しかし聡は、香純の反応におかまいなしに、自分の考えに没頭するようにつぶやく。

「そうなると、額縁……。でも、先に確認した限り、額縁のほうは価値もなさそうな市販ものでしたが」

香純も、思ったことを言葉にして続ける。

「でも、もしそうだとしたら、あの描かれた犬は、この家で本当に飼われていなかったってことになるの？　もしかして、ほかの人が飼っている犬を描いたものだとか、あるいは犬自体が実在していないとか……？」

香純がそう口にしたとたんに、聡が、ぱっと顔をあげた。

「実在しない……。ああ、そうか。香純さん、ナイスです！　それで俺の中の引っかかりがわかりました。――あの犬は絵画だったんだ」

「そりゃそうでしょ？　絵なんだから」

なにをいまさらという感じで、香純は、怪訝《けげん》そうに聡の顔を見る。

すると、彼は瞳の奥を光らせながら、口もとに笑みを浮かべた。

「どこかで見たことがある気がしたわけだ。あの絵は、実際の犬を見て描いた絵ではなくて、絵画に描かれた犬を模写した絵だということですよ。高科さん、俺の記憶ちがいじゃなければ、あれは『アルノルフィーニ夫妻の肖像』に描かれた犬の現代版だと思います。見覚えがあると思ったのは、構図と毛並み。あと、おそらくその作品を描いた画家のファン・エイクと手法が似ていたから」

「あ、なるほどね。それを先に言えって」

こちらも、ピンときた表情になった高科が指を鳴らす。

「犬の毛の色と短吻種《たんふんしゅ》化された姿で惑わされたな。本来のグレーで鼻をのばせば、周囲に描かれたものの断片からして『アルノルフィーニ夫妻の肖像』の犬だ」

「となると、やはり飼い犬の姿絵って部分が、まったくの嘘ですね」

まだ門から道路へとでていなかった聡は、身をひるがえして庭の中を走りだす。

あとを追うように高科も駆けだしたが、どういう状況なのかわからない香純は、慌ててふたりのあとについていくしかできない。

庭の真ん中で立ち止まった聡と高科に追いついた香純は、ふたりの視線の先を目で追って愕然《がくぜん》とした。

そこから見える、先ほどまでいた応接間では、見ている香純たちに気づかないくらいに必死の形相で、ドライバーの先端を額縁の溝に突っ込み、ばらばらに分解しようと奮闘している奥さんの姿があった。

◇◇◇

香純は、高科の運転する車の後部座席で、深くもたれながら窓の外へ視線を向ける。

そのまま、高科と聡の会話を、なんとなく聞きながしていた。

「まさか、奥さんの不倫相手となる画家の連絡先が、額縁をはずしたところに書いてあるだなんて思いもよらないもんな。いかにも同情をひきそうな話を作って絵を取りもどそうとするなんて」

「でも、あながちまちがってはいなかったってことですよ。実際に飼い主に同情した香純さんは、すぐに絵を返しますって言いましたし」

「だよな」

「ただ、あの奥さん。相手の電話番号くらい覚えてしまえばいいのに」

「それができないのがいまの世の中ってもんで。携帯や電話機のメモリー機能やら、なんでも覚えてくれる機械に任せてしまうからな。そのうちにと思っているあいだに、機械ってものは壊れるものだから」

「きっと奥さん、不倫相手の描いた絵を観て、うっとりした顔でもしたんじゃないですか？」

「だから、不審に思った家族に、絵を取りあげられたのかもな」

ふたりの会話を聞いていた香純は、だんだんと腹が立ってきた。

八つ当たりするように、香純は聡へ向かって声をあげる。

「ちょっと、高校生。未成年がなにを呑気に、こんな話題に参加しているのよ」

「香純さん、そこは、子どもと大人で区分けする部分じゃないですよ。分けるとすれば、男女のちがいでしょうか」

「だよな。香純ちゃんには、奥さんの気持ちに気づいても、俺ら男性陣の気持ちがわからんようだし」

「でも、奥さんの気持ちに気づいても、わたしには理解できない」

香純が唇を尖らせてぼそりと言い返すと、それを受けた聡が言いかえた。

「同性の奥さんを香純さんが理解できないのは、恋と自分に磨きをかけながら重ねた年数の有無のせい、ではないでしょうか」

「お。なるほどねぇ。喩《たと》えるなら、将来的に訪れる年増と熟女のちがいってわけだな」

「三十代の熟女と女子力の低い二十歳でもＯＫですね」

「それって、どういう意味？」

怒気を帯びた香純の声に、男ふたりは黙りこんだ。しらじらしく、ハンドルを握る高科は口笛を吹いて、聡は窓の外の流れる景色を目で追いかける。

――もう！　ふたりとも、わたしをばかにして！

座席に深く座りなおした香純は、大きなため息をつく。

「――なんだか大人の嫌な部分を見た気分」

「香純ちゃん。今回は申しわけないことに巻きこんで悪かったね」

その香純の言葉が聞こえたらしく、ふいに高科が前を向いたまま声をかけてきた。

「あの絵を気に入っていたのに、ケチがついちゃって面目ない。お詫びに、俺から香純ちゃん好みの絵をプレゼントさせてもらおうかな」

「え？　いいえ、とんでもない！　高科さんに、そこまで気をつかってもらわなくて大丈夫ですよ」

高科さんは、別に悪くない。今回は運が悪かっただけだ。

そう考えてすぐに断った香純は、言葉が足りなかったかなと思い、ミラー越しに高科へ笑みを向けた。

「選ぶ楽しみもあるから。自分の目で実際に観ながら、また玄関に飾る絵を探します」

「そりゃそうか」

高科は、バックミラー越しにニッと笑い返してきた。

「まあ、どうしても俺の手が必要になれば、名刺の連絡先に電話をしてくれたらいいよ」


その夜。

香純は自宅のインターネットを使って、ブリュッセル・グリフォンを調べてみた。

鼻ペチャで可愛い、でも鼻の下にはモジャモジャの髭をたくわえたような小型犬の画像がたくさんでてくる。たしかに、あの絵の犬もこんな感じだった。

次に『アルノルフィーニ夫妻の肖像』を検索する。

こちらは同じカラー画像ばかりでてきたので、そのうちのひとつをクリックした。

画面に大きく開いたその絵は、独特の顔立ちをした男女が手をつないでいる、全身が描かれた肖像画だ。

その中でも香純の目は、女性の緑色の服の、たっぷりとした質感の襞《ひだ》にいった。

「あ、彼女の緑色の服を、わたしは犬の寝床の布と勘違いしたんだ」

そう気がついた香純は、ふたりの足もとに、例の犬がいるのを見つけた。

「——え? この犬?　わたしでもわかるくらいに色もちがうし、口もとも普通の犬みたいに突きでていて顔もちがうし。なんだか全然似ても似つかない気がするんだけど……」

部屋の照明が暗いのかと、パソコンの画面の角度を変えて確認する。それでもやっぱり黒っぽくて、香純には、全然ちがう犬種に思えた。

「これでよく、模写した絵だと気づいたよなあ。聡くんも高科さんも……」

そうつぶやきながら首をかしげた香純が、スクロールをしていくと、絵についての解説が現れた。画面のいたるところに、ふたりの結婚をほのめかすシンボルがちりばめられており、婚姻証明書としてこの絵画が描かれたという説が書かれている。

細密に描かれた部屋の中の風景。脱ぎすてられたサンダル、一本だけ灯る蠟燭、シャンデリア。ベッドの支柱の彫刻像。中央に凸面の鏡。純潔を表現する水晶でつくられた、結婚の美徳を表すロザリオ。女性の緑の衣装は希望、白のキャップは純潔の象徴。窓の外に描かれている桜は愛。

「ふ～ん」

そういうものなんだと思いながら読み続けると、『犬』という文字が、香純の目に飛びこんできた。

「あ、犬にも意味があるんだ?　なになに……。え—?」

小さな犬は忠誠と、性欲を象徴する——そんな説明が書かれていた。

第二話

五作目のタブロー

「あ、もしかして桃《もも》ちゃん？　桃ちゃんだよね？」

香純は同じ大学の美術科に籍をおいている友人の姿を見つけると、大きく手を振りながら声をかけた。

「あれ？　香純？　ひょっとして、卒業以来じゃない？　久しぶり」

「本当、久しぶりだよね！　元気だった？」

桃ちゃんと呼ばれた浜田《はまだ》桃花《ももか》は、ストレートの長い髪を揺らし、展示場の中から入り口の近くまで人波を掻きわけながら、嬉しそうな笑みを浮かべて寄ってきた。

彼女は、香純と同じ高校出身だ。香純は文学部、桃花は同じ大学の美術科に進んだが、学部がちがうと、なかなか出会う機会がない。

友人との久しぶりの再会に、香純は声が弾む。

「そうか。大学の絵画展にくると、桃ちゃんに会えるんだ」

たまたま駅の構内に置いてある近隣地域の情報を掲載したフリーペーパーで、香純は絵画展の告知記事を目にしたのだ。自分の大学の絵画展だと気がついた香純は、今週の土日に、大学構内で開催されることを知った。

「絵画展の係にあたっているからね」

にこりと笑顔を見せた桃花は、パステル色のカジュアルスーツで身を固めている。

対する香純は、色の濃いロングスカートにカーディガンというラフなスタイルで訪れていた。

「香純が絵に興味があるなんて思わなかったよ。嬉しいわあ」

「いやいや。知識なんて、まるでないんだけど。最近、ちょっと絵に縁があったから」

香純は頭を掻きながら、喜ぶ友の顔を照れたように見つめる。

先日の出来事があってから、香純は、ちょっとだけ絵画に興味を持った。その延長で見かけた大学内の絵画展にも、軽い気持ちで足を運んでみたというわけだ。

絵画の知識は、皆無と言っていい。ただ、可愛いものは好きだし、きれいな絵は、純粋にすてきだなと思う。そんなレベルの香純なので、たとえ桃花の絵を目にしても、そう深い感想は言えないだろう。

なのに、なにかしら期待するような目で見つめてくる友に対して、香純は言い訳のように早口になりながら言葉を続けた。

「自分の大学内で絵画展をしているのなら、せっかくだし鑑賞しようかなあなんて。桃ちゃんも、絵を展示しているんでしょ？」

「うん。一点だけね。余力のある人は、二〜三点だしているんだけれど。会場内を案内したげようか？」

「わあ、助かる！」

手を打って喜ぶ香純に、桃花はふわりと笑って、展示室を歩きだした。

構内には大学が持つギャラリーがある。講堂棟の広い二階をまるまる使って、今回のような制作展や卒業展、地域市民のアートギャラリーなどに利用されていた。授業などで縁のない香純は、あまり足を踏み入れたことがない場所だ。

香純の横で、桃花は案内図をとりだす。

「年に一度の絵画展で、美術科のほとんどの学生が展示しているから、かなり絵の数があるのよ。展示は二日間あるけれど、絞って観ていかないと、たぶん時間がかかると思うよ」

「そうは言っても、わたしは美術科の知り合いって桃ちゃんしかいないし。観る絵を絞る基準がわからないなあ」

「そうねえ」

桃花は、少し首をかしげて考える顔をした。

「今回の目玉はあれかな。市が毎年開催している絵画コンテストがあるのよ。テーマは自由で、本当に画家の感性と技術の勝負。それで、今年はうちの学生の出品作が、優秀賞を獲ったの。その絵が二か月ほどの巡回展から戻ってきていて、この絵画展でも展示されているのよ」

「へえ。入賞作品かあ。それは興味があるかも」

なんといっても、賞を獲るくらいにすばらしい絵だということだ。

なんてわかりやすい基準なんだろうと思った香純は、自分ってば単純だなあと胸の中でこっそり笑う。

桃花は、そんな香純の横で、絵画展の説明を続けていた。

「あと、展示室は、個人のオリジナル作品のスペースと、練習のための模写作品スペースに分かれているのよ」

「模写？」

「そうなのよ」

香純が、もう少し詳しい話を桃花から聞こうとしたとき、展示された絵画を眺める、見覚えのある人物の後ろ姿が視界に入った。だが、香純はあえて気づかなかったふりをして、そのまま通り過ぎようとする。

そのとたんに相手のほうが気づいたらしく、振り返るなり向こうから声をかけてきた。

「ああ、香純さん。こんにちは。この絵画展にきていたんですね」

「――わたし、ここの大学の学生ですから」

その相手の顔を確認した香純は、しかたなさそうに足を止めた。

ネイビーのジーンズをはき、同じ素材のジャケットを羽織った私服姿の聡が、にこりともせずに立っている。

わざわざ声をかけてくるのなら、もう少し愛想よくしてもらいたいものだと香純は思った。

「あれ？　香純の知り合い？」

桃花がそう口にしたとき、遠くで彼女の名前を呼ぶ学生の声がした。

「あ。ごめん、呼ばれちゃった。係の交代かも」

「桃ちゃん。わたしのほうは気にしないで、行っておいでよ」

手を振って小走りに去っていく友を、物わかりのよい笑顔で見送った香純は、たちまちその笑みを引っこめると、聡へと向きなおった。

「そういうあなた、なんでここにいるのよ」

「一般も無料の絵画展をしているから観にきただけです。香純さんがここに進学する前から、俺は毎年きているんですよ。高校は帰宅部なんだけれど、中学時代は三年間美術部だったから。絵の鑑賞は趣味」

そう淡々と口にしたあと、聡は続けた。

「先日の犬の絵の件もあるし、香純さんは本当に絵に関心があったんですね。そんなタイプに見えなかったから、少し意外でした」

その口調から、香純はばかにされた気がした。

なあに、その言い方。まるで芸術が理解できない人種と言いたげな感じ。

そう思いながら口を尖らせた香純へ向かって、気にした様子もない聡は、展示場を見ましながら言った。

「ここの絵画展は毎年、名画の模倣学習作品も多いから、観る側としても知っている絵が多くて楽しめますね。今年は、市の優秀賞に選ばれた作品も展示されているそうですし」

「そう？」

うっかり返事をした香純の顔を、聡はじろりと見た。

——これはまずい。わたしの疑問的な返事を、どう受け取ったんだろう？

聡の視線は、香純にとって同じ大学内の催しであるのに、展示の内容も知らないのかという単純な非難の意味だろうか。あるいは、美術の教科書に載っていそうな名画でさえ、香純は観てもわからないのだろうと、ばかにした目つきなのだろうか。もし後者だとしたら、香純の年長者としてのわずかな威厳が消し飛ばされてしまうだろう。

そして香純の危惧したとおり、聡は前方にあった絵を示しながら、試すように聞いてきた。

「あの絵も名画の模写ですね。なんの絵か、香純さんはご存知ですか？」

「し、失礼ね！」

速攻でそう返事した香純は、まるで挑戦を受けるように絵画のほうへ顔を向けると、じっと凝視する。だが、残念なことに、その絵にはタイトルが記載されていなかった。

全体的に暗い印象の絵だと、香純は感じた。椅子に腰かけ、白いブラウスらしき衣服を身につけた女性が向こうへ顔を向けて描かれている。彼女の前の机の上には、鏡と火のともった蠟燭が置かれている。

そして、一番印象に残るものは、なんといっても女性の膝の上に置かれた頭蓋骨。

はて。過去に観たことがあるような、ないような……。

絵を見つめて固まった香純の様子に、時間を与えても回答が得られないと判断したらしい聡は、すぐに答えを口にした。

「マグダラのマリアを題材にした絵は数多くありますね。その中でこれは、ラ・トゥールの『悔い改めるマグダラのマリア』です。彼自身、たしか同じモチーフで八点ほど描いていたんじゃないかな。夜の画家と言われるくらい、ランプや蠟燭で闇に浮かぶ人物を好んで描いていますね」

「マグダラのマリア」

その名前も聞いたことがあるような、ないような。

口の中で繰り返した香純の耳もとへ、さすがに呆れた表情になった聡が顔を寄せてささやいた。

「香純さん、もっと雑学を身につけたほうがいいですよ。雑学は、知識と人生を豊かに面白くするものです」

「なによ。高校生が生意気なことを言わないで」

「まあまあ」

声が大きくなってきた香純を、聡は、言葉と手でなだめるように合図する。それから、聡は改めて、絵画へと向きなおった。

「マリアは、新約聖書に登場し、自分の中から七つの悪霊を追いだしてくれたイエスに従った女性です。同じマリアという名前でも、イエスの母親じゃないですよ?」

「――そのくらい、わかるわよ」

香純は、ぼそっと言い返してみる。だが、ちがいはわかるけれど、どんな女性なのかまではわからない。

それを察したように、聡は、穏やかな声で香純に説明を続けた。

「一般的に周知されている彼女の立場は、イエスの死と復活を見届けた証人です。生い立ちに関して、実際はどういう女性であったのかは確定されていませんね。ただ、多くの映画や絵画の世界においては、彼女は元娼婦だったと設定されています。イエスに追いだしてもらった七つの悪霊は、七つの大罪――邪淫《じゃいん》、貪食《どんしょく》、貪欲、怠惰、憤怒《ふんぬ》、羨望、高慢であり、性的に放埒《ほうらつ》な生活を送っていたと推測されたためです」

「へえ」

香純は素直に相槌を打つ。

「そういう設定ってものがあるんだ」

「ありますよ。それが絵画の面白さのひとつですね。とくに宗教や神話を題材とした歴史画では、設定や場面が暗黙で認知されていることによって、たとえはじめて目にする絵でも充分に楽しむことができるようになっています」

そう言いながら絵画へ近寄った聡は、香純へ、絵の一部分を指さした。

「群像画で描かれるマグダラのマリアは、アトリビュートとして香油壺を手に持っていますが、彼女単独の場合は、たいてい罪を悔い改める姿として描かれます。そこには髑髏《どくろ》がアトリビュートとして登場します」

「ふぅん。で、アトリビュートってなに？」

「あ〜っと……。簡単に言うと、目印ですね。身近なところでは、四葉のクローバーは幸福のシンボルというような。このアトリビュートというものが西洋美術において、描かれた人物が誰で、どんな役目や資格を持つのかを関連づけ、特定するんですよ」

思いきり砕けて説明をされたほうが、香純にはよくわかる気がする。

納得したようにうなずいた彼女へ、次に聡は、隣に並んだ別の絵画へ関心を向けさせた。

「こちらの絵も名画の模写となります。この絵がなんの状況を描いているか、香純さんにはわかりますか」

そう問われた香純は、素直にその絵画をじっと見た。

こちらはありがたいことに、絵の下にタイトルとして『ユピテルとカリスト』と書かれている。だが、人物の名前だけでは、なにをもとに描かれた状況なのかわからない。

艶《なま》めかしいふたりの女性が、先ほどの絵画とは打って変わって色鮮やかに描かれていた。ふたりのあいだに漂う気配は、ちょっと妖しげな印象を与えるが、それを高校生の聡に告げるには、香純にはやや抵抗がある。

ふたりの頭上には、三人の羽根の生えた天使らしき子どもが遊んでいる。——香純が絵の中で気になったのはそれぐらいだ。

これだけでは、知識の乏しい香純には想像がつかなかった。降参とばかりに黙ったまま両手をあげた香純は、思いっきり聡を睨みつけた。

「香純さん。態度と内面の感情に、すごいずれがありますね」

「もったいぶらずに教えなさいよ。そして年上を敬え」

無表情の彼にしては珍しく軽く楽しげな笑い声を立てたあと、小さな声に戻って口を開いた。

「ユピテルってご存知ですか？」

「知らない。聞いたこともない名前」

「それじゃあ、ゼウスはご存知ですか？」

その名は、香純も聞いたことがある。たしかギリシア神話に登場する一番偉い神さまが、ゼウスだったはずだと思い、香純はうなずいた。それを見て、聡が続ける。

「ギリシア神話名のゼウスは、ローマ神話名ではユピテルとなるんですよ。カリストは、足もとにある弓矢でわかるように、狩猟と純潔の象徴であるアルテミス——ローマ神話名ではディアナを敬愛する従者でした。狩りに明け暮れるカリストでしたが、見目麗しい乙女だったため、ある日、好色のゼウスに目をつけられた」

「ゼウスって……男の人よね？　この絵はふたりとも、女性じゃない？」

「全能神ゼウスは変化《へんげ》を得意としていました。浮気のときは、必ずと言っていいほど姿を変えています。それこそ、動物から金色の雨にまで。これは、男性を寄せつけないカリストの警戒心を解くために、ゼウスがアルテミスに姿を変えて言いよる場面ということになるんですよ」

「納得いかない。どう見ても女性がふたりなんだもの。その見解は本当？」

「制作者であるブーシェ自身がつけたタイトルですから、いちゃもんつけないでくださいよ。それに、先ほど話したアトリビュートですが。ユピテルがつけている月の髪飾りがアルテミスの象徴。その後ろの大きな鳥は鷲《わし》で、正体はゼウスであると暗に伝えています」

そう聞いた香純は、改めて絵画へと視線を向けた。

説明を受けてから観る絵は、ちょっとばかり伝わってくる意味合いが変わる気がして、なんだか不思議な気分になった。

しみじみと眺めている香純の横で、並んだ聡が静かな口調で続けた。

「絵に描かれているものすべてがアトリビュートではないですが、その人物や絵に、意味や情報を与える役割というものがありますね。そう、たとえば、先ほどのマグダラのマリアは、緑色の衣服や朱色のマント。聖母マリアは青い服か青いマント、同時に神の慈愛を示す赤色も身につけています。絵画の世界では、服の色も重要な象徴であり、アトリビュートなのですよ」

「服の色もなんだ」

感心したように、香純はつぶやく。

「または、このあいだ話題にした『アルノルフィーニ夫妻の肖像』の犬。絵画における小犬には忠誠という意味、また愛玩犬が飼えるほど裕福であるという情報が加わります」

聡は、漆黒の瞳の奥にチカリとした光を宿し、香純に小首をかしげてみせる。

「描かれたヒントを集めて組みたてていくと、いままで見えなかった場面が浮かんできます。たった一枚の絵画の中に、多くの物語が潜んでいるんですよ。知識を持たずに眺める絵画は、ああきれいだな程度の感想で終わるかもしれない。けれども知識を増やしてルールを知り読み解いていくと、非常に面白い分野だと思いますよ」

桃花が戻ってこなかったので、香純は結局、聡と展示室を観て回った。

「あ、なんかここに展示されている作品、不思議な絵が集められているんだ」

香純は、観てわかりやすい絵になったせいか、とたんにテンションがあがった。

近くにある絵画へ近づき、顔を寄せる。

「こんな感じの絵を、前にも観たことがあるわ。あれは、滝のように水が落ちるのに、その水がいつの間にか上にあがって、また落ちてくるのよ」

「香純さんの言っているのは、エッシャーですね。不思議な世界を描いた、だまし絵《トロンプ・ルイユ》の鬼才ですよ。でも、ここにあるのは模写や版画じゃなくて、油絵で制作した学生のオリジナル作品みたいですね」

「観ていて面白ぉい。あ、これなんか、とっても不思議。女の子が立っている床が、男の人の天井になっているのね」

「連続して変化していくモチーフや、実現不可能な構造物を平面で描けるところが、興味深いですよね。そう、だまし絵と似たようなものに、アナモルフォーズと呼ばれる歪み絵があるんです。パッと観ただけではわからない絵なんですけれど、あらかじめ決まった位置から作品を眺めると、作家の伝えたいテーマが浮きでてくる絵なんですよ」

「なにそれ、難しそう」

想像ができないのか、香純は少し眉根を寄せる。

聡は、ちょっと小首をかしげてみせた。

「描く側は、観る角度や距離などを計算して描くのでややこしいですが、観る側は、その一点さえわかれば一瞬でわかるものですよ」

「へぇ～。そう聞くと、一度観てみたいものよね。その歪み絵って」

芸術系が好きだと言っていただけあって、聡は、香純が興味を持った絵に関して知っている説明を付け加える。

香純にとって、意外なところで出会ったありがたいガイド役である彼の足が、その瞬間、ふと止まった。

明らかに、壁に掛かった絵とはちがう方向を見つめる聡の視線の先をたどっていった香純は、心構えがなかったこともあり、つい声をあげてしまう。

「え？　高科さん？」

「――お。これはまた偶然だな。おふたりさん」

眺めていた絵から振り返り、おもむろに片手をあげて高科はニッと笑った。以前と変わらず不審者のようないでたちで、帽子を深くかぶり、薄手の黒いコートを羽織っている。

少し見慣れた香純だから、彼のそのスタイルにはなにかしらこだわりがあるのだろうとは思うのだが、そろそろ暖かいというよりは暑くなってきた季節には、以前よりも異様に見えた。

　この大学内の場にそぐわない異質な高料へと近づきながら、香純は目立たないように小さな声で話しかける。

「偶然でもないですよ。わたしはここの学生ですから。それより、なんで高料さんが」

「絵のあるところに高料ありってね」

　そう口にすると、高料は意味ありげな笑みを向けてくる。

　得体のしれない絵画専門バイヤーが、なんの用事でここにいるのだろうか。

　そういえば、依頼人好みの絵を探す仕事もしていたと、香純は思いだす。

「もしかして、お仕事で絵の買い取りにきたとかですか？」

　思いきってたずねてみると、高料は笑顔のままで人差し指を一本立てた。

　そのまま、顔の前で左右に振る。

「はずれ。でも、いい線は突いている。べらぼうな価格の名画ばかりを扱う画商とちがって、こっちは自由でリーズナブルな絵の運び屋だからね。先方の需要に応えるときは、素人さんや学生の絵も取り扱うから、普段から絵描きのチェックは怠らなぁい」

　背の高い高料は、ちょっと屈んで香純のほうへ顔を寄せると、声をひそめて続けた。

「今日は、ここの大学の教授に呼ばれて、絵の鑑定にきたんだ」

「どんな絵の？　この大学に、そんな有名な画家の絵なんて飾っていたかな？」

　鑑定という高料の言葉に反応したのか、聡が話に加わってきた。

「いや、依頼人はここの学生だそうだが、顔見知りの教授から頼まれてね」

眉を寄せた香純へ、高科は簡単に説明をする。そのとき、桃花がほかの学生をともなって戻ってきた。

桃花は、高科や聡と並んで立っていた香純に、呑気な声をかけてくる。

「香純、お待たせ。——あれ、香純ってば、そちらもお知り合いの方？　今日は知人とよく出会うんだね」

そんな桃花の横で、険しい表情を向けてきた女子学生は、ぎこちなく会釈をしてきた。

教授を通して高科を呼んだのは、桃花と一緒にやってきた学生のようだ。

その女子学生と高科が、深刻そうな表情で話をはじめたので、香純は聡とともに、少し離れたところへと移動する。

「西嶋有華《にしじまゆか》さんは、美術科の三年生なの。さっき香純に話した、市の絵画コンテストで優秀賞を獲った絵の制作者って、彼女のことよ」

香純と聡にくっついて移動してきた桃花は、ちらちらと高科たちをうかがうように見ながら教えてくれた。

西嶋は、きれいな栗色の髪をショートカットにしており、整った小顔をキュートに縁取っている。カジュアルなデザインの黒のスーツがとてもよく似合っていた。

「西嶋さん、わざわざ絵の鑑定を依頼だなんて。なにがあったのかな？」

「桃ちゃんは、なにも聞いていないの？」

「うん。とくには。西嶋さんってけっこう難しい人だから。なんていうか、他人にも自分にも厳しいというか。そのあたりで、なんかあったのかなあ」

「へえ〜」

「噂なんだけれど。――昔、両親が離婚されたらしいのよ。西嶋さんはお母さんと一緒に生活してるんだけれど。それが最近になって、別に暮らしているお父さんが西嶋さんに会いたがっているんだって。それが西嶋さんの中では納得できないことらしくて、よけいにピリピリしているって聞いたのよ」

「それって、かなりプライベートなことよね。あ、そういう精神的なことも絵に反映されちゃうものかな。それで、なにか鑑定してもらいたいことがでてきたのかな」

　香純は桃花とささやき合いながら、会話が聞こえない距離でしゃべっている高科たちの姿をしばらく眺めていた。

　ふいに桃花が華やいだ声で、香純へ別の話題を耳打ちした。

「あの人、高科さんって言うんだ？　香純の知り合いに、あんな人がいたんだあ。ねえ、なんだか大人っぽくてかっこいいよね。渋いっていうのかな。香純も、そう思う？」

「え？」

　驚きの声をあげる香純へ、桃花が重ねて問いかける。

「ねえ、高科さんって、どこに住んでいるの？　絵画専門の仕事って、どこかで事務所をかまえていたりするのかなあ？」

「え？」

最初に会ったときに、いかにも怪しい不審者風だと感じた香純には、高科が大人っぽくて渋いとは思えなかった。自分よりひと回りほど上の高科は、実際にただの年長者としかみなしていない。

「――さあ、聞いたことはないなあ……」

「そうなんだあ」

香純が戸惑いながらも返事をすると、いかにも残念そうに、桃花は唇を尖らせた。

「でも、それもミステリアスな気がして、よけいにいい感じだけれど」

そう告げた桃花の様子に、香純は、もしかしたら自分の美的感覚がずれているのかと心配になる。なんと言っても、桃花は美術を専攻しているのだ。香純よりも美的感覚が優れている気がする。

香純は、桃花の袖を引っぱり、彼女の耳もとへ顔を寄せると、聡へ聞こえないように小声でささやいた。

「ねえ。桃ちゃんから見て、わたしの横の彼は、どんな感じ？」

「ん？」

桃花は、すばやく聡へと視線を走らせたあと、すぐに香純の耳朶《じだ》へ唇を寄せて、ささやき返した。

「わたし、中学生には興味がないなあ。あえて言うなら、印象が薄くて地味な弟」

「桃ちゃん！　――彼は高校生なのよ。十七歳」

香純は慌てて、桃花に訂正の言葉をささやいた。

たしかに聡は、体躯が小さく童顔だ。しかし、おそらく本人も気にしているであろうこの言葉が聞こえてしまったら、あとで吊るしあげられる標的は香純となる。

おそるおそる盗み見るように、香純は聡の様子をうかがった。すると、彼は無言で、眼鏡の奥から横目で香純を睨みつけている。

やはり、桃花の声は聞こえていたらしい。香純の背に、冷や汗がたらりと流れた。

そのとき、ふいに、高科と西嶋のふたりが歩きだした。

それに気づいた桃花が、香純の腕を小突く。

「――あ。あの方向は、賞を獲った西嶋さんの絵が展示されているほうかな。わたしたちも行ってみる？」

この場から抜けられるとばかりにホッとしながら香純がうなずくと、桃花は手招きながら歩きだした。香純は急いで歩きだし、そのあとを、聡も黙ってついていく。

隣の展示室へと移動した高科たちは、部屋の中央で立ち止まった。

ふたりが顔を向けている壁に、一枚の絵が掛けられている。その絵の下に西嶋の名前が書かれたプレートがあり、端に紙で作られた花が飾られて優秀賞との文字がさがっていた。

そこから少し離れたところで止まった香純たちも、遠くから絵を眺める。

思ったほど大きくはない絵は、ちょうど目の高さの位置に絵の中心がくるように、壁に掛けられていた。

木陰と、陽の下となる女性の髪や肌や服の襞のハイライトのコントラストが、絶妙なインパクトを与えて、一瞬で目を奪われる。味わいのある表情をうっとりと浮かべた質感のある女性を、奥行きのある緑の風景の中で、やや下から見あげた構図の色鮮やかな人物画だった。

肌の色を同系色とするブラウンとグリーン、そして明るさと暗さのコントラストが絶妙のバランスを保っている。

香純から見ても、これは印象に残る絵だし、何度も観たい気にさせた。そして、その表情は観飽きる気がしない。

さすが受賞するだけのことはある絵だ、などと、香純は考える。

「トローニーかな」

香純の隣で並んで観た聡が、小さな声でささやいた。

すると、香純をはさんで逆の位置にいた桃花がうなずいて返事をする。

「そう。実在のモデルはいないって聞いているから」

その桃花の言葉を確認した聡は、ふたりの会話から取りのこされた香純に顔を向けると説明した。

「トローニーは、特定のモデルを使わずに制作者のイマジネーションで描かれる、上半身の肖像画のことですよ。フェルメールの『真珠の耳飾りの少女』などが有名ですね。そのフェルメールの絵は、さすがに香純さんも知っていると思いますよ？　頭に青いターバンを巻いた少女の絵です」

少し偉そうな口調が腹立たしく思えた香純は、無言で思いきり聡を睨みつける。そんな香純の視線を、聡は涼しい顔で受けながした。

腕を組んで絵の前に立っていた高科が、ふいに感心したような声をもらした。

「これはこれは。すばらしい絵だ。――レンブラントを彷彿《ほうふつ》させるような明暗の対比と、描かれた人物の内面を映しだすような表情。かつ斜め下方から見あげた構図が絶妙で独創的、観る者を惹きつける力を持っている」

称賛の言葉をかけられても、にこりともしないままの西嶋に、高科は顎鬚をなでながら、ニッと笑いかける。

そして、手のひらを上に向けて絵を指し示しながら、高科は言葉を続けた。

「それで。この絵の鑑定とは？　この絵は最近きみが描いたばかりなんだよな。きみは、この絵のなにを調べたいのかな？」

「この絵は」

西嶋は、まっすぐに高科を見つめたまま、小さな声ながら強い口調で告げた。

「この絵は、わたしの作品じゃありません。それを証明してほしいのです」

絵の作者となる西嶋の姿を見つけた美術科の学生が、声をかけにちらほらと集まってきた。だが、その場の雰囲気に気がついたのか、黙ったまま遠巻きに眺めている。

「——普通、逆じゃないかねえ。偽物ではないことを鑑定してほしい。あるいは、他人が描いたとされる作品を自分のものだと証明してほしい。みたいな」

困ったように、高科は帽子の上からがしがし頭を掻く。

すると、西嶋も真面目な顔のままで言い返した。

「この絵は、わたしが思い描いた構図ですし、願ったとおりの表情をしたトローニーです。でも、なにをどう言えばいいのかわからないけれど、わたしが描いた絵じゃないんです」

そこで言葉を切った西嶋は、それでも愛でるような目つきで絵を観る。

「なぜか、コンテストと巡回展を終えて戻ってきたこの絵を観ると、自分が制作したものとは思えないほど昇華されている気がするんです」

「それは……。けっこうなことじゃないのか？」

「でも、どうしても違和感がぬぐえないんです。その気持ちを一掃するためにも、はっきりとした鑑定結果がほしいんです」

小さく息を吐くと、高科はふたたび、じっと絵を見つめる。やがて、おもむろに周囲を見わたすと、香純たちの上で視線を止めた。右手をあげて、ちょいちょいと手招く。

訝《いぶか》しげに小首をかしげつつも、香純は桃花や聡とともに、高科のほうへと近寄っていった。

――なんだろう？　わたしになにか聞きたいことでもあるのだろうか？

でも、同じ大学に通っているというだけで、わたしは西嶋さんのことも絵のことも、なにも知らないんだけれど。

そう思いながらも、香純は、必要とされていることにちょっとした優越感らしきものを持って、高科のそばに立つ。

するると。

「聞こえていただろう？　なあ、どう思うよ？」

相談するように顔を寄せ、高科が声をかけたのは、なんと香純のあとからついてきた聡のほうだった。

ちょっと？　なによ、そのスルーな態度は！

桃ちゃんの目の前で、知り合いだと言っていたわたしの立場は！

心の中で思いっきり叫びながら頬をふくらませた香純の横で、しごく真面目な表情となった聡は、西嶋に声をかける。

「西嶋さんでしたっけ。絵にサインなどは、入れられていたんですか？　また、自分には覚えのない傷が絵についているとか、逆に目印がなくなっているとか、少しでも気になる点はありませんか？」

「わたしは学生なので、そんなサインなんてものはありません。傷なども、とくに見あたらないんです。でも、どこかがちがうんです」

高科と聡は、顔を見あわせて黙りこむ。

だが、すぐに、高科が次の質問を思いついたらしい。

「この絵は、どのくらいの期間で描いたのかな？」

「えっと。普段の練習絵は、一週間に一作のペースなんですが。この絵は、モチーフを決定したのが半年ほど前で、実際に描いた期間は、コンテスト前の一か月ほどです」

その言葉に衝撃を覚えた香純は、思わず、そばで聞いていた桃花のスーツの袖を引っぱっていた。

「桃ちゃん！　油絵って、そんなにはやく描けるものなの？」

「え？　うん」

うなずいた桃花は、小声で続けた。

「でも、人にもよるだろうし。油絵は一般的に乾燥させる時間も必要になるのよ。一日に二、三時間描いては絵の具を乾燥させて、次の日に続きを描く場合が多いかな。でも、はやい人は一枚の絵を一日で描ききっちゃうよ。――ピカソだったかな、生涯で一万点以上の油絵と素描を制作したらしいし」

へえ、と声をあげて、香純は感心した。

油絵というものは、もっと数週間数か月かけて一枚をじっくりと描くものだと、勝手に思いこんでいたからだ。一生涯のうちに描こうと思えば、それだけの作品数を生みだすことができるということになる。

「わたしは大学の提出課題やデッサンばかりに追われていて、コンテストへ積極的にだそうとしていないから、あまり油絵を描かないけれどね」

　そう続けた桃花は、照れ笑いを浮かべる。

　それでも、絵心のない自分にはとうてい無理だと考えた香純は、賞賛の目を桃花へ向けてから、西嶋の絵のほうへと視線を戻した。

「ならこの作品は、三か月ほど前にこの大学内で描かれたものだよな。となると……」

　高科は、さらに絵のそばへと顔を近づけると、じっと目を凝らす。

「西嶋さん、いつも絵の具はどうしているのかな？　あと、キャンバスや布地の仕入れ先などは？」

「この絵に使用した絵の具ですか？」

　西嶋は、視線を床に落として考えながら口を開く。

「特別な絵の具は使っていないです。少し足をのばせば、画材の品揃えがいい文具センターがあるので、そこで必要な絵の具をそのつど買っています。キャンバスもすべて、そこで揃えていますし……。ここの学生は、たいていそこで買っていると思います」

「自作の絵の具を作っているわけでもないのか。ということは、科学的に特定できる証拠はでないな。この場所で、短期間で描かれた絵画だから、絵の具やキャンバス地の新しさや種類、乾燥状態などからも、時代や場所の差がでにくい……」

　高科は、顎鬚をなでながら考えこむ。

すると、そばにいた聡が高科に耳打ちをした。

「彼女から、一番最近描いた作品を見せてもらってくらべますか？」

「そうだな。というか、それしかねぇな。――西嶋さん。この出品作を仕上げるまでに、習作は？」

「あ、あります。大学の別館の工房準備室に、その絵の習作が。このモチーフで、ここにある絵を入れて六枚描いています」

西嶋が答えると、高科は腕を組んでフムとうなずいた。

「それらを全部、見せていただいてよろしいですか？　――この絵画展のあいだは、展示をはずすわけにはいかんだろうから、習作をここまで持ってきて並べてみるか。ここの空いている壁の前にイーゼルを置けば、両方を見くらべることができるかな」

その言葉を聞いていた美術科の男子学生が、すぐに何名か名乗りでた。西嶋とともに絵を取りに向かう。そのあいだに、壁の前へイーゼルが置かれた。

作業の邪魔にならないようにするためか、高科と聡はその場から離れて、香純のそばにやってくる。そして、壁の絵を見つめながら、ふたりでささやき合った。

「彼女には独特のくせがあるので、筆のタッチを見れば、制作者側が真似ようと意図していない限り、俺は判別できると思います」

「おお、やけに自信たっぷりだねえ。まあ俺も仕事柄、いままでさまざまな絵を観てきたし、鑑定眼はあると自負している。ふたりでチェックすればいけるだろうな」

そんなに簡単にわかるものなのかと疑わしい目つきになりながら、香純は絵画が用意されるのを待つ。そこで香純は、先ほど桃花から聞いた話を思いだした。

「あ、そういえば……」

香純のあげた声に、高科と聡が振り返る。香純は、西嶋が戻ってくる前にと、簡単に西嶋のプライベートについて告げた。

「なるほどね。心境の変化で、絵がちがって見えるのも考えられるな」

「描いた時期が、その問題と重なっているのであれば、過去の作品との差がでる可能性もありますね。それを考慮して見くらべないと」

「だな」

高科がうなずいたときに、西嶋と学生たちが戻ってきた。

そして、そこに運ばれてきた絵を観て、香純は驚いて声をあげる。

「ちょっと。――この絵って、そこに飾ってある優秀賞を獲った絵と、まったく同じじゃないの！」

思わず香純は、聡の袖を引っぱりながら、絵をびしっと指さした。すぐに聡は、不作法な香純の指さす手をはたき落とし、無感情に口を開く。

「香純さん、先ほど説明したじゃないですか。画家は同じモチーフで、いくつも描く場合があるって。西嶋さんも例外なく、完成させるまでにいくつかの習作を描いているんですよ」

絵を描くって、なんて手間のかかるものなのだろう！

そんなことを、いまさらながら思いつつ、香純は運ばれてきた絵のほうへ近寄る高科と聡の姿を眺めた。

「この習作が描かれた順番など、わかりますか？」

高科の問いに、西嶋は首肯した。

「ええ、裏に日付を書きこんであります」

高科は、五枚の絵を順番に眺めていく。すぐに、その中の一枚を抜きだし、後ろの日付を確認したあと、展示されている絵の横のイーゼルに置いた。

「この一枚が、ほかの四枚と違って明らかに完成度が高いな。日付から、最後に描かれた作品のようだ」

「そうですね。この一枚と比べると、それより先の四枚は、技法を模索しながら描いた練習作みたいですね」

そばで見ていた聡もうなずいた。ふたりの言葉に、香純は思わず、隣の桃花へポロリと告げる。

「わたしには全部、同じに思えるんだけど」

「まあ、パッと観たらそうかもね」

桃花は香純へ、苦笑するような顔をしてみせた。

高科と聡が、目を皿にして並べた絵画を見つめ、ときどきささやきあっている。香純はその様子を、所在なげにしばらく見つめていた。

絵を真正面からとらえ、じっと凝視する聡に対して、香純の位置から見える高科は、ややうつむき加減で上目づかいとなっていた。携帯していたらしい拡大鏡を手に、細部までチェックをしているようだ。

絵を照らすライトの加減のためだろうか。ハイライトを刷いたような頬と帽子で作られた影のある高科の表情は、先ほど聞いたラ・トゥールの陰影を、色濃く思わせるような存在感を醸《かも》しだす。

――ああ、あのときと同じだ。歩道橋の上から見えた、ほかの人の流れの中で、ひとり逆らうように佇んでいた彼だ。

ふと気がつくと、高科のいつになく真剣なまなざしに、香純は意識せずに自然と見入っていた。そんな自分に気づいた香純は、ぶんぶんと首を横に振りながら、全否定をするように手も顔の前で振ってみる。

――ちょっと？　なによ、わたし。どうしたの？　あんな正体不明の高科さんに、興味を持つわけがないじゃない？　あ、得体が知れないからこそ、その部分が気になるのかしら？

「なにをやってるの？　香純」

怪訝《けげん》そうな目を向けてくる桃花を、慌てて香純は笑ってごまかした。

そして、そうよ、あれだわ、と香純は考える。

普段の飄々《ひょうひょう》とした印象がある高科だから、真面目に絵を見つめる仕事ぶりがギャップとなって、香純にインパクトを与えたのだ。

香純が自分への言い訳に躍起になっていると、ふいに高科が両手をあげた。

「だめだ。差がわからん。というか、これはあまりにも、筆のタッチが似すぎているんだ。どうしてもというなら持ち帰って科学的に調べることもできるが、この場では、このふたつの絵画は同じ制作者だと俺はみるねえ。そして、西嶋さん本人が言われたとおり、工房準備室から持ってきた習作よりもこの絵のほうが、やや完成度が高いと思われる」

「そうですか……」

困惑した表情の西嶋は、大きなため息をついた。

聡も、小さな声で言葉を続ける。

「同意見です。もし制作者がちがうのであれば、俺は、なんらかの理由があって故意に似せたと結論づけますね。——個人的な感想を付け加えるのならば、習作のときの余分な技巧が取り除かれているため、昇華されたように感じるんじゃないですか」

納得しきれない表情の西嶋に、高科は首の後ろを手のひらでこすりながら聞く。

「どうしても、この受賞した絵画は自分で描いたものじゃないって感じてしまうわけだよなあ。それじゃあ、自分が描いた絵だと確信して観た最後は、いつなんだ？」

高科の問いに、西嶋は、瞳を揺らして考える。

そして、力のない小さな声で答えた。

「自分の目で確認した最後は、コンテストに絵を送る三日前です」

「三日前？　搬出日当日じゃなくて？」

「三日前に出品を予定している美術科の学生を集めて、指導してくださっている先生が搬出の流れを確認したのです。わたしはその前に、工房準備室で作品の完成具合を見たので。けれど、そのころから体調が悪くなって……」

「出品前に、体調を崩したのか？」

ちょっと目を見開いて聞いた高科へ、うなだれるように西嶋は小さくうなずいた。

「はい。完成させるために無理をし過ぎたせいなのか、インフルエンザにかかってしまっていて。結局その翌日から一週間ほど外出ができませんでしたから、搬出当日も立ち会うことができず、仕方なく先生にお願いをしてお任せしました。先生が業者を手配して、応募した学生全員の絵を梱包して一括で送ってくれました」

「ほかに、気になる点は？　それ以外のことでも、いつもとちがうことをした、という内容でもいいんだが、なにか思いあたらないかな？」

高科の言葉に、西嶋は思案する顔になりながら、口を開く。

「手配をしてくれた先生にも、鑑定を依頼する前に確認をしました。でも、絵にも搬出のときにも、とくに変わったことはなかったと……」

ふいに思い出したように、あ、と西嶋は小さく声をもらした。

「あの、じつは……。わたしは、最後に描きあげた作品と、その前に描いた作品、どちらを出品しようか迷ったんです。わたしの中では、出来栄えとしてはほとんど同じで変わらなくて。無理をして描いた最後の作品をだしたい気もしたけれども、並べてみると、その前に描いた作品のほうがいいような気がして……」

「ああ、ほとんど差がない完成度だと、たしかに迷いますよね。どちらにもそれぞれに優れた部分が見受けられたりして」

聡が相槌を打つと、西嶋はうなずいて言葉を続けた。

「なので、搬出までのあいだに自分で決めるつもりでしたが、それが叶わなかったので、作品全部を保管しているところから直接、観る目をお持ちの先生に選んでいただきました。後日、インフルエンザが治ってから確認したら、残されたほうの絵は、日付から最後に描いた作品のほうでした。いま見くらべるために並べているその絵です」

「その先生が、ほかの学生の作品とまちがったってわけは……」

香純は、素人考えで思わず口をだしかけたが、語尾は力なく消えていった。

そんなことがあるわけない、と考えなおす。

それぞれの画家がオリジナルの絵画をだすコンテストなのだ。全員が独自のテーマで絵を描いている。第一、西嶋の絵はトローニーといわれるモデルを設定しないタイプの絵だと言っていた。彼女が描く以外にそっくりな絵が、あるはずがない。

そう考えて口をつぐんだ香純の目の前で、高科が真剣な表情となる。

「――絵を最後に観たのは……」

キーワードのようにつぶやいた。

その、どこか遠くを見ているような瞳をした高科の様子が、妙に香純の気にかかる。

すると、いつのまにか足音なく近づいていた聡が、香純のひじを突っついた。驚いた香純が、反射的に大きな声をあげかけたとたんに、こちらも真剣な目つきになった聡が、彼女の耳もとで声をださないでくださいと鋭く言い放つ。その眼光にどきりとした香純は、たちまち体を強張らせて黙りこんだ。

聡が続けて耳打ちする。

「香純さん。なにか気づいたことがあるんですか？　珍しく真剣な表情ですけれど」

「珍しくだなんて、失礼なこと言わないで」

香純は、慌てたように口にする。そして、高科を注視していた気恥ずかしさを打ち消すように、聡へ、心によぎったことを言葉にだした。

「なんだか高科さんの表情を見てると、ちょっと引っかかるのよ。どこがどうなのかって、うまくいえないけど。なんていうか、西嶋さんの絵じゃなくて、もっとその向こうの遠くを見ているような……」

そこで言葉を途切れさせた香純に、聡が、フムとうなずいた。

「――そうかもしれません。香純さん、鋭いところを突いている気がします。おそらく、いまの高科さんは西嶋さんの絵のことを考えていないと、俺も思いますから」

「え？」

考えを肯定されたのに、その意味がわからず声をあげかけた香純の口の前で人差し指を立てて、聡は言葉を続ける。

「大きな声はあげないでください。——高科さんの眼球が左上に視線を向けていますよね。右利きの彼の場合、それは過去に見たことのある情景を思いだしている動きとなります。そうなると、西嶋さんの絵画に絡んだ動きではなく、高科さん自身が過去の経験の中で見たものを思い浮かべているということになります。もっとも、俺の分析が一〇〇パーセント正しいわけじゃないですけれど」

「ちょっと、なによそれ」

邪魔な聡の手を払いのけると、香純は、周囲に気づかって声のトーンを落とす。

「聡くんったら。さっきからなに？　人の表情から心理分析のようなことばかり」

香純は聡を睨みつける。すると、聡はしれっと返してきた。

「俺は昔から、表情を読むのが趣味なんですよ」

呆れた目つきになって、香純は聡の顔を見た。それは、子どものときから人の顔色をうかがうのが得意だという意味ではないのか。

きっと聡は、嫌な子どもだったのではなかろうか？　そう考えた香純は、周りに集まっている学生の顔を、ぐるりと眺める。

そして、香純の目が、ひとりの女子学生のところで止まった。

香純は聡へ、あの学生のほうを見ろと突っつく。聡がその学生のほうへ視線を向けたのを確認してから、香純は言葉を続ける。

「だったら、あの彼女の表情を、どう分析するんですか？　聡センセイ。同じ現場を見て同じような感情を持つと、同じような表情を浮かべるものなんじゃないの？　彼女、周りの学生と表情がちがって見えるんだけれど？」

香純が挑むように聡の顔をのぞきこむ。

するとちょっと黙りこんだ聡は、ちらりと香純を見た。

「周りの人間が興味津々の顔になっている中で、異質な表情を浮かべている学生がひとり。偶然だとしても、香純さんの直観には驚きますね。――いや、たぶん勘なんだろうから、香純さんの場合は直感力か」

珍しく褒《ほ》められたような気がするが、言いなおされたということは、ばかにされたのかもしれないと、香純は釈然としない気持ちになる。

「彼女の顔に表れている感情は、嫌悪・恐怖・怒り。どれも似通うものですが、この場合は恐怖でしょうか。あの学生は、なにかを知っていて怯えているんですね。おそらく」

そう続けながら、聡は香純とともに、血の気が失せたような白い顔の女性を盗み見た。

肩にかかる黒髪を自然におろした彼女は、小柄な体に控えめなブラウン系の服装で、人垣の中から顔をのぞかせている。

その表情は疲労の色が濃く浮きでており、とげとげしい目つきで高科の動向をじっと見つめていた。

聡は、その学生と高科を見くらべた。

「ほら。犯人は現場に戻るっていうじゃないですか。あれは、事件を起こした張本人が、どのようにどこまで調べが進んでいるんだろうと、気になってついつい見にきてしまうって意味です。心理学でいうところの、防衛的な露出行動というものですね。あの彼女は、高科さんがどこまで真相に近づいてきているか、心配で見にきたんじゃないでしょうか」

それを聞いた香純は、のびあがって絵のほうを眺めていた桃花の袖を引っぱった。

そして、そっと、気になる彼女を指さしながら聞いてみる。

「ねえ、あそこにいる人、誰かな？」

たずねられた桃花は、ちらりと彼女を見て、すぐにささやき返してきた。

「ああ、あの人は木ノ元《きもと》さんよ。西嶋さんと同じ美術科の三年で、西嶋さんと同じくらい、絵がうまい人なの。けれど、今回のコンテストにも絵画展にも作品をだしていなかったんじゃなかったかな。たしか作品が間にあわなかったって聞いた気がするけれど」

「木ノ元さんって、どんな人？」

「うーん。とにかく優しい人かな。頼まれたら嫌と言えないタイプ？　けっこう自己中心的な西嶋さんに振りまわされている感じかなあ」

それを聞いた聡は、小首をかしげるようにしながら香純の瞳をのぞきこんできた。

「香純さん。無関係ならかまわないんですが、もしかしたら、今回の件の糸口になるかもしれませんよ。香純さんの直感を信じて、彼女に話を訊いてみませんか？」

木ノ元が、展示室の中の人だかりから離れるようにあとずさると、人目を避けるように部屋の外へと向かった。その後ろ姿を確認しながら、香純は急いで高科のもとへと駆け寄り、腕を引っぱる。

そして、西嶋に聞こえて混乱を招かないようにと、高科の耳を囲うように片手を添えながらささやいた。

「聡くんが、西嶋さんのいないところで打ち合わせたいそうです。いったん廊下へでませんかって」

その言葉にうなずいた高科は、西嶋のほうへ顔を向けると右手をあげる。

「すまんな。ちょっと相談してきていいかね」

そして、木ノ元を尾行するように先に出口へと向かった聡のあとを、高科はぶらぶらとついていった。さらに香純も、そのあとを追いかける。

ところが、展示室をでた香純の視界に入ったのは、木ノ元に追いついた聡が彼女の二の腕をつかんで、すぐ横の廊下へと引っぱりこんだ瞬間だった。

香純の前にいた高科が、驚いたように駆け足となる。

「おいおい、聡！　なにしてんだ？　——あっさり人気のない廊下へ女性を連れこむ手際がよすぎでないかい？」

笑いを帯びた声をかけながら、高科は角を曲がり、香純も遅れて角を曲がる。

そこには、無言で威圧的に壁際へと木ノ元を追いつめている聡がいた。

「ちょっと！　聡くん？　なにも誘拐するわけじゃないんだから……」

事情を承知している香純は、事が穏便に運ぶようにと、満面の笑みを浮かべて声をかける。蒼白となった木ノ元は、そんな香純たちの顔を怯えたように見わたした。

しかし無表情の聡が、低い声ながらも木ノ元へ威嚇するように言い放つ。

「あの場で、なにか知っていそうな顔をしていたよね。はやく話してしまったほうが、気が楽になるよ。毎日心配で満足に眠れていないんじゃない？」

「聡くん！」

香純は、本当に体を使って、聡と木ノ元のあいだへと割って入った。彼女を背にかばう形で立ちふさがると、香純は聡のほうへ顔を向けて睨みつける。

「決めつけるのってよくない！　そりゃあ、あの場で木ノ元さんは、見てわかるくらい挙動不審だったかもしれないけど！　彼女が今回の犯人だなんて……」

「——すみません」

言い終わる前に、背後から、か細い声が聞こえた。

香純が驚いて振り向くと、震えあがったような様子の木ノ元が、胸の前で両手を組んでうつむいている。その手は、白くなるほどにぎりしめられていた。

「本当に悪気はなかったんです。でも、ここまで事が大きくなると思わなくって……」

そこまで言って、ついに彼女は手のひらを顔にあてて、わっと泣きだした。

「あ〜あ、泣かせちゃったな」

ぼそりと高料がつぶやき、天井を仰いで髭を掻く。

「ちょっと！　聡くんが怖がらせたせいでしょ！」

香純は聡へと向きなおり、ぎりっと睨みつけた。すると、いつもの表情に戻った聡は、静かな声でゆっくりと諭すように香純へ告げた。

「彼女を最後に追いつめたのは香純さんだと思いますよ」

「え？」

「香純さんがいま言ったでしょ？　木ノ元さんは挙動不審だったって。だから、彼女は隠しきれない、ばれるのは時間の問題だと悟ったんですよ」

それを聞いた香純は、呆然と立ちつくす。

「え〜？　嘘ぉ」

◇◇◇

大学内のカフェに移動したころには、ようやく木ノ元も落ちついてきたようだ。

高科が西嶋へ、もう少し時間がほしいという電話をかけているあいだに、大学内のカフェテリアに詳しい香純が、人数分の珈琲をセルフサービスで持ってくる。

白い丸テーブルに四人が腰を落ちつけたとき、木ノ元の横に座った高科が、彼女のほうへ体を向けて口火を切った。

「さてと。事情を話してもらえるかな？　きみは、悪気がなかったって言ったよね」

うつむいていた木ノ元は、小さな声で話しだす。

「――ここの美術科は、油彩画練習で模写を推奨していることはご存知ですか？」

「ああ。さっきの絵画展でも、けっこうな数の模写の展示があったね」

高科が相槌を打つ。

その会話を聞きながら、香純は、横の聡のわき腹を指で突っついてささやいた。

「ねえ。なんで模写を推奨するの？　オリジナルの自分の作品を、どんどん描いていったほうが、いい気がするんだけど？」

「名画を真似て描くのも勉強になりますからね」

木ノ元の表情を見逃さないようにと前を向いたまま、同じように小さな声で返してきた聡は、言葉を続ける。

「有名画家の弟子たちが、師の描いているそばでその絵を真似たり同じ題材を描いたりなんてことは、昔からある練習法なんです。たとえば、書道で先生のお手本を横に置いて書くのと同じ感覚ですね」

「ふぅん、なるほど。書道ね……」

納得した香純は、木ノ元の言葉に意識を戻す。

「――西嶋さんの描く絵は普段から、皆より頭ひとつ抜きんでていました。だから、わたしは昔の名画を模写するのと同じように、すばらしいと思った西嶋さんの絵を模写しても勉強になるのではと思ったんです……」

　そこまで告げると、木ノ元は黙りこんだ。その時点で、彼女の言葉の意味に気づいた香純は、うっかり声にだしてしまう。

「え？　ってことは、あの絵は木ノ元さんが描いたってこと？」

　そう口にしたとたんに、木ノ元はふたたび手で顔を覆った。その様子に、高科は椅子の背に寄りかかると、困ったように首筋を手のひらでなでる。

　そして、木ノ元に目を向けて、重たく口を開いた。

「問題は、本物の絵がいまどこにあるのかということと、きみの動機になるな。きみが勉強のために西嶋さんの作品の模写をしたのはわかった。それは勉強のためだけなのか？もしかして、すり替えることが目的だったのか？」

「それは……」

　慌てたように、木ノ元は涙で濡れた顔をあげる。そして、横からじっと見つめる高科の視線に怯えるように、小さな声で言葉を続けた。

「すり替えることが目的で、模写をしました……」

「ちょっと！　それって、どうして？」

「西嶋さんを困らせるため？」

「ちがいます……」

　追いつめられた顔をした木ノ元は、あきらめたように告げた。

「個人的な感情は、とくになくて、その——約束したんです」

　その言葉に高科と聡は、ああ、というような顔をした。

「それじゃ、なんだ。勉強になるからと模写したうえで、意図的に西嶋さんの絵とすり替えたんだな。それじゃあ、本物の絵はどこにあるんだ？」

　木ノ元はうつむいたままで応える。

「本物の絵は、約束した方に渡しました」

「それって犯罪になるんじゃない？　きみは、お金が必要だったの？　本物の絵を渡す代わりに、金銭を受け取ったの？」

　横から無感情な声で、聡が口をだす。その言葉に、木ノ元は顔をあげて聡を睨んだ。

「あ、その表情ってことはちがうんだ。なら、どうしてきみは、無償で絵をすり替えることに加担したの？　約束した人って、誰？」

　聡の問いに、木ノ元はふたたびうつむく。

　三人に見つめられ、ようやく観念したように口を開いた。

「——本物の絵は、西嶋さんのお父さんに渡しました」

「え？」

　思わず香純は、声をあげる。

　高科も、意外な言葉を聞いたように表情を和らげて身を乗りだした。

「そりゃ、どういうことだ？」

「西嶋さんのお父さんは、西嶋さんが小学生のときに離婚して、それからいままで会っていないそうです。当時のお父さんは事業を起こしたばかりで、家庭を顧みずに財産もつぎ込んで、仕事に没頭していたそうです。西嶋さんのお母さんはそれが耐えられずに離婚を切りだし、西嶋さんと会わないことを条件に、お母さんは養育費をもらわないことにしたそうです」

その言葉に、そういえばと、香純は桃花から聞いた西嶋の家庭の事情を思いだした。

「でも、数年経ったいま、お父さんのほうは、西嶋さんに会いたい想いがつのっていると言っていました。じつは、西嶋さんが大学の美術科に進んだことを人づてに知ったお父さんは、去年の絵画展にこっそりいらしていて。そのとき、わたしは受付をしていて知り合って……」

木ノ元の告白に、香純は言葉なく聞き入った。

「ようやく事業が軌道に乗ったころ、お父さんは西嶋さんに会わせてもらえないかとお母さんに連絡をしたそうです。けれど、西嶋さん本人が頑なに拒んだそうで。離婚のときの条件もあって、それ以上は無理を言うこともできなかったらしくて……。じつは、お父さんの会社が海外の企業と合併して、拠点を国外に移されることが決まっていたんです」

そこで、木ノ元は顔をあげ、はじめて、目の前にいる香純の目を見つめて告げた。

「わたしが、西嶋さんのお父さんへ提案したんです。西嶋さんの作品を、記念にお父さんへプレゼントしますって」

頼まれたら嫌とは言えないタイプだと、桃花も評していた木ノ元だ。西嶋の父から話を聞かされ、うっかり情にほだされてそんな提案をして、きっと自分の出品作の制作時間を模写に回してでも手はずを整え、実行したのだろう。

「――そうなんだ……」

彼女から目を離せなくなったまま、香純は、無意識に言葉を続けていた。

「西嶋さんのお父さん、喜んでいたんじゃない？　自慢の娘の絵を記念にもらえて」

「はい。とっても喜んでいました……。絵を渡したときに、たぶんもう日本には戻らないだろうと言っていましたので」

「で。どこでどうまちがって、こんな問題が持ちあがっちゃったんだ？」

それまで真面目に体をかたむけて聞いていた高科が、ふいに身を起こすと、椅子の背にドカリともたれて口を開く。

居たたまれないように目を伏せて、木ノ元が言葉を続けた。

「わたしは、その……、西嶋さんが六作目に取りかかったのを知ったので、その前の五作目の作品を参考にしてこっそり模写したんです。わたしの描いた絵を五作目と入れ替えて数を合わせるつもりで。そして模写が完成したあとは、絵を持ち出すタイミングをうかがっていました。その、西嶋さんのお父さんが発たれる日が決まっていたので、それまでに」

「父親の出国という期限が迫っていたわけか」

高科の言葉に、木ノ元はこっくりとうなずいた。

「わたしはコンテストに出品しなかったのでミーティングに参加しなかったのですが、参加した友人から、西嶋さんが体調を崩していると……。次の日にインフルエンザだとわかってしばらく休むって。それを聞いて、西嶋さんに気づかれずにすり替えるチャンスだと思ってしまったんです」

「搬出作業が終わったあとのほうが安全なのに？」

「西嶋さんが確実に休んでる期間なら、バレないんじゃないかって。そう思いついたら、それ以外考えられなくなって……。搬出作業の前日に工房準備室で、わたしひとりになるチャンスがあって、そのときに、隠していたわたしの模写とすり替えました」

「木ノ元さん。あなたが模写の手本にした五作目の絵、それが、出品作の候補になっていたことを知らなかったんですか？」

そう問いかけた聡の表情は、怖いくらいに真顔で、香純には詰問しているように感じられた。木ノ元は、震えあがった表情となって、かすれた声になる。

「わたし……出品する絵は最後に描いた六作目だと、勝手に思いこんでいて。西嶋さんが迷っているなんて、本当に知らなくて。後ろめたさもあって、早くすり替えてしまいたかったので、深く考えずに……。こんなことになるなんて思いもしなかったんです」

木ノ元は、ついに堪えきれなくなったように、両手で顔を覆った。

「なのに翌日、西嶋さんのお父さんに絵を渡したあと、念のための確認のつもりで、搬出後の工房準備室に戻ってみたら、わたしの描いた絵がなくて……。探し回っても、どこにも置いていなくて……」

「なるほどね」

うなずいた高科は、顎鬚に手を添えてつぶやいた。

それから腕を組んだ高科は、じっと一点を見据えて動きを止めた。

「そうなると、西嶋さんの気持ちだろうなあ。入賞したのは、まちがってコンテストにだされたきみの絵ということになるんだから」

全員が黙りこんだために、香純もぼんやりと考える。

まったく同じ絵でも、やはり描いた本人にはちがいがわかるのだ。西嶋の父親へ本物の絵を渡す代わりに、数合わせで描いた作品だ。だが、勉強のためもあって、木ノ元は本気で模写したのだろうと、香純は考える。

そして、高科の目を通してもちがいがわからないくらいなのに、それでも鑑定してほしいと西嶋が疑ったのは、描いた当人だからわかる勘だろうか。

最終的に、これは本人の絵なのだと鑑定眼のある第三者に断定してもらえていたら。違和感を抱えたままでも、西嶋は、これからも胸を張って自分の作品だと言い切れていたのだろうか。

だが、実際に制作者はちがっていたのだと、香純はため息をついた。

木ノ元も、さぞ驚いたことだろうと、香純は想像した。コンテストの絵が搬出されたあと、大学に残されていた西嶋の絵の中に、自分の描いた作品がないのだから。

聡が口にしたとおり、その日から今日まで、木ノ元は怯えながら夜も眠れずに暮らしていたかもしれない。もしかしたら、悪いことだと思いつつも絵が賞を逃し、できるだけ多くの人の目に触れずに戻ってくるようにと、祈ったかもしれない。

なのに、西嶋の名前で、自分の絵が賞を獲ってしまった。――偽りが明るみに出るかもしれない恐怖と、他人のモチーフで評価されてしまったという二重のショックは、どれほど大きいのだろうと、そっと香純は、彼女のほうへ視線を向ける。

コンテストのあいだや、巡回展などがあったという絵が戻ってくるまでのあいだ、ずっと誰にも告白できずにいたのだ。

「やっぱり、黙っているわけにはいかないし、だったら、はやく話したほうがいいと思う。西嶋さんをこの場に呼んで話し合いをするべきだよ。西嶋さんのためにも、木ノ元さんのためにも」

沈黙を破って、香純はつぶやくように口を開く。

高科も、同意をするように小さくうなずいて言った。

「まあ、それしかないわな」

◇◇◇

絵画展のほうへ人が集まっているために、今日は誰の姿もない工房準備室へと場所を移した高科は、西嶋だけを携帯でそこへ呼びだした。

ひとりでやってきた西嶋は、高科と一緒にいる木ノ元に、意外そうな視線を向ける。香純と聡は、その様子を離れた壁際から眺めていた。

順を追って高科が説明するにつれ、西嶋の表情が険しくなる。

「――そう。やっぱりあの絵は、わたしの作品じゃなかったんですね……」

高科がだいたい話し終えると、彼女はそうつぶやいた。そのまま、小刻みに体を震わせて黙りこんだ。

皆が見守る中、木ノ元がおそるおそる口を開く。

「こんなことになるなんて思いもしなかったんです。それに西嶋さんの作品のひとつは、わたしが勝手に、あなたのお父さんに渡してしまいました。本当にごめんなさい……」

その言葉を最後まで聞かず、西嶋は木ノ元の胸に指を突きつけて叫んだ。

「結局誰が悪いの？　わたしの作品じゃないと見抜けずに選んだ先生？　無理をしてでもその場に立ち会わなかったわたし？　それとも、わたしの許可なく勝手に絵を盗み写した木ノ元さんが、一番悪いのかしら！」

「おっと……。盗み写したって言い方は痛いなあ」

高科は、自分が言われたように胸に手をあてながら顔をしかめる。

そのまま高科は視線を落とし、じっと床を見据えたまま、言葉を選ぶようにゆっくり口を開いた。

「模写勉強としての意識で、彼女は描いたんだよ。許可もとらずに軽率だったと、充分に反省をしている。それに彼女も、コンテストに入賞したのは、自分の名前でだした絵じゃないというのは、かなり苦しいことじゃないかな？　絵は実際に入れ替わってしまったが、絵画の世界では、贋作《がんさく》自体は違法ではないし、木ノ元さんが故意にすり替えて真作だと明言したわけじゃない」

少し離れたところでやり取りを聞いていた香純は、隣に並んで聞いていた聡のひじを指で突っつく。

「贋作って、違法にならないの？」

「そうですね」

聡は、じっと彼らの話し合いに耳をかたむけながらも、香純に説明する。

「絵画の世界での贋作は違法になりません。ただ、偽物を本物と明言したり真似たものをオリジナルだと主張したりすれば、法律に引っかかって罪に問われますね」

香純は、ふぅんとうなずいた。

贋作というものは、どのあたりまで精密に真似されたものをいうのかわからない。だが、雑貨店などでもコピーや、あたかも油絵の具で描かれたような名画の模写が額に入れられて飾られたり売られたりしていることを考えると、素人の香純としては、そういうものかと考える。

「今回も、木ノ元さんに偽る意志がなければ罪になりませんから、あとは当人同士の話し合いしかないですね。それと、コンテストの主催側に連絡しての受賞辞退という処分でしょうか」

そう続けた聡の言葉に、香純は、それしかないだろうなとうなずくことしかできなかった。

目の前で繰りひろげられている状況——謝罪をする木ノ元と、咎《とが》める言葉しか口にできない西嶋を見ていた香純は、そこで、ふとした想いに駆られる。

——木ノ元さんの絵は、西嶋さんを超えていたんだ。

それは、西嶋さんも認めるほどに。

自分の真似をして、あとから描かれたものが優れていると評価されるなんて、これほど悔しいものはないだろう。

そこまで考えた香純は、思わず西嶋のそばへと駆け寄っていた。

突然近寄ってきた部外者に驚く彼女の正面から両手を握りしめ、香純は、ずいっと目を見つめて一気に口にする。

「わたしは、西嶋さんの絵はすばらしいと思いました！」

「え？　——でも、あの絵は……」

一瞬、高科と聡が、香純を止めるかどうか迷った気配を見せる。

だが、そのまま彼らは、制止しなかった。

だから、香純は、彼女自身が思ったことを、しっかりと伝えるように口にする。

「わたしは、絵のことをなにもわからない素人だけど。高科さんやコンテストの選考員のようなプロの目を持ってないけど。でも、構図も色合いも、とってもすてきだった！　惹きつけられたよ！　木ノ元さんが模写したいって思うほど、あなたの絵がすばらしかったのよ。あれは、西嶋さんが最初に考えだしたものなんでしょう？　だったらわたしは、あの絵を最初に思いついて生みだした西嶋さんが、一番すごいんだと思う！」

香純の異様な迫力に押されたように身を引きながら、西嶋は目を見開く。

そんな彼女の瞳をのぞきこみながら、香純は言葉を続けた。

「今回のことは、元の絵のすばらしさが招いたことなんだけど。わたしは、西嶋さんのお父さんのところへ、あなたのその作品が届いてよかったと思ってる。お父さん、西嶋さんのそばで見守っていられなかったって聞いたけど、きっと、西嶋さんの絵からこれまでの成長が伝わってるよ。あなたの絵を観て、きっと喜んでる！　西嶋さんの想いが詰まっているのがわかっていると思う。絵って、それを観る人に感動をもたらすものなんでしょう？」

必死の香純の言葉を、驚いたような表情で聞いていた西嶋だったが。

やがて、少し表情をゆるめると、静かな声で香純に告げた。

「――ありがとう。あなたに気に入ってもらえてうれしいです。それに、そうね……。父に、直接会って言葉を交わす機会は、気持ちの整理がつかなくてできなかったけれど」

そう口にしてから、西嶋は視線を巡らせて、木ノ元へと向けた。

「一方的に、責めてごめんなさい。こんなことがなければ、わたしは意地を張ったまま、父に一生絵を観てもらう機会がなかったかも……。家庭を顧みない父だったけれど、ずっと昔にいちどだけ『有華は絵がうまいな』って父に褒められたことがあったの。いま思えば、そのひと言がきっかけで、わたしは絵を描くのが好きになったんだわ。あなたのおかげで、娘の成長を観てもらうことができてよかったのかもしれないわ」

その表情はまだ強張っていたが、西嶋は口もとに、わずかな笑みを浮かべてみせた。

◇◇◇

コンテストに関することは、西嶋と木ノ元から申しでて、大学側と相談するとのことで、香純は高科と聡とともに絵画展をあとにした。

そのまま三人で、駅のそばの喫茶店へと場所を移す。

窓際の四人席へ案内され、高科の向かいに聡が座り、その横へ香純は腰を落ちつけた。

そこで改めて珈琲を頼んだ香純は、ようやく脱力したように椅子の背へと寄りかかった。

珈琲が運ばれるまで、ぼんやりと窓の外へ視線を向けていた高科は、誰に告げるともなくつぶやく。

「彼女たち――西嶋さんと木ノ元さん。ふたりとも、この一件で絵をやめなければいいけれどねえ」

「やっぱり、彼女たち両方にとってショックですもんね……」

つられて香純も、しみじみと相槌を打つ。

そして、あの場の勢いで西嶋に自分の想いをぶつけてしまったと感じた香純は、迷惑じゃなかったかなと、ぼんやり考えた。

「香純さん」

「え？　あ、聡くん。なに？」

ふいに声をかけられ、ハッと我に返った香純は、慌てて体を起こす。

すると、聡は冷淡な調子で口を開いた。

「あの場は、香純さんの言葉でおさまった感じになりました。けれど、やっぱり本人以上の絵を描かれた悔しさは、西嶋さんにあると思いますよ。そのあたり、すっ飛ばしていましたよね？」

「——ああ、やっぱり、そうだよね。一応考えたんだけど。結局は一方的に、わたしの気持ちを押しつけちゃっただけだよね……」

そうつぶやくと、香純は自分の考えの浅はかさに、がっくりと落ちこんだ。

椅子の背にもたれて目をつむると、香純は続けて声にだす。

「最後、よけいなことをしちゃったかなあ……」

「いや。助かったよ」

高科から、思いがけない言葉がでた。慌てて香純は目を開き、彼の顔を見る。すると、高科は香純のほうを向いて、いつものようなニヤリとした笑みを浮かべてみせた。

「助かったって……？」

「あの場で、絵に素人の香純ちゃんが、純粋な目で観た感想を言ってくれた。香純ちゃんの言葉で救われた部分もあるはずだ。その香純ちゃんの言葉が響いてたなら、西嶋さんは、これからも絵を続けてくれると思うんだ。だから、香純ちゃんも自分を責めずに、前向きにね」

「そ、そうかな……」

いまは香純のほうが、高科の言葉に救われる気がする。

すると、香純の隣で、聡が小さなため息をついた。

「そうですね……。香純さんとちがって、俺も高科さんも現実主義なんですよ」

「それって、わたしをばかにしてる？」

「いえ。香純さんをばかにしている言葉じゃなくて、実際問題、俺と高科さんは、コンテストに関してどうなるんだろうとか、贋作のレッテルを貼られて彼女は潰れてしまうんじゃないかとか、考えてしまうんですよね。だから、描かれた絵画に対して、素直な気持ちも褒める言葉も口にしづらいところがあったんです。そういう感じたままの気持ちを、きちんと声にだせる香純さんは、すてきだと思いますよ」

「そ、そう？」

聡からの意外な褒め言葉に、少々香純は面食らう。ちらりと高科の表情をうかがうと、笑みを浮かべたままうなずいてきた。

「絵画にとっての最強は、観る者の受け取り方でしょうから。観る者の感情を揺さぶってこそ絵に価値が生じるので、香純さんの素直な称賛の言葉は、西嶋さんに伝わったと思います」

先ほどの高科の言葉に、聡が冷静な口調で同意した。

本当かな、そうだったらいいのにな、と香純は考える。自分の行動や言葉が、西嶋の画家としての将来によい影響を与えたとしたら、こんなに嬉しいことはない。

香純が口もとを少しほころばせると、ふいに高科が喉の奥で笑い声を立てた。

「まあ、弟子に才能の差を見せつけられて筆を折ったなんて逸話を持つ画家も、過去にいるからねえ」

「へえ……。それ誰？　って、わたしが聞いてわかる画家なのかな？」

なんとなく聞いてみると、香純の隣でデザートメニューを眺めていた聡が、小首をかしげてぼそりと言った。

「イタリアのルネサンス期の画家であるヴェロッキオですね。でも、その話は厳密にはちがっていて、本人が彫刻に専念したかったためらしいですけれど」

そう前置きしたあと、聡は香純へ視線を向けた。

「ヴェロッキオは、個人ではなく工房として絵の注文を受け、弟子と共同で制作していたんですよ。問題の絵とされるのは『キリストの洗礼』という絵画ですね。洗礼者であるヨハネと、洗礼を受けるために現れたイエスが描かれた作品です。聖書の中でも、とくに有名な場面ですね」

「ヴェロッキオ……か。知らない名前かも」

頼りなさそうに、香純が小さな声で口をはさむと、聡はあっさりと告げた。

「その絵に描かれた天使のひとりの仕上げを担当したのが、レオナルド・ダ・ヴィンチです」

「あ。レオナルド・ダ・ヴィンチかあ！」

香純は、ポンと両手を打った。

さすがに香純でも知っている、超有名な芸術家だ。レオナルド・ダ・ヴィンチほどの有名人が弟子の中にいたら、そんな話がでてきてもおかしくない。

レオナルド・ダ・ヴィンチの絵を、実際に目の前で見せつけられたら……。そりゃあ才能ある画家も心が折れるかも、などと納得するようにうなずく香純を見ながら、高科が珈琲のカップを持ちあげる。

「でもまあ、筆で絵の具を乗せていく技術以外に、西嶋さんの感性を含めた総合的な評価は高いと思うね。香純ちゃんの言ったとおり、思いつく構図や配色もいい。このたびの賞は残念ながらカウントされないだろうが、これからもすばらしい絵を生む画家になるだろうな。絵画を扱うバイヤーとしては、これからも彼女に絵の制作を続けてもらいたいねえ」

そして、高科は香純に笑みを向けた。

「それは、木ノ元さんに対しても。見るかぎり、彼女の模写の腕はたいしたものだ。あの腕を活かせば、また西嶋さんとはちがった雰囲気を持つすばらしい絵が世にでるだろうな」

「木ノ元さんは、メーヘレンのようには、なりそうにないですからね。今回は、アクシデントで入れ替わっちゃったようなものですし」

「メーヘレン？」

つい、聡の言葉を聞いて声にだした香純へ、今度は高科が説明する。

「好んでフェルメールを描いていた有名な贋作者だ。代表作は『エマオの食事』だったかな。既存の作品を模写するのではなく、まったく新しい絵を描きながら、その素材から筆のタッチまでをそっくり真似て、フェルメールの真作だと認めさせる腕で当時の専門家をだました天才画家だ。――フェルメールって画家は知っているよな？　香純ちゃん。青いターバンを巻いた女の子が描かれた『真珠の耳飾りの少女』とか」

「え？　も、もちろん。知ってるわよ」

その絵は香純も知っている。美術の教科書で見た気がするし、先ほど西嶋の絵の前で、聡からトローニーの説明をされたときにもでた名前だ。

だが、そのほかの作品はと聞かれると、香純の頭の中に、すぐには思い浮かばない。

曖昧に笑顔を浮かべた香純は、それ以上はしゃべらなくてもいいようにと、すました顔でカップを口へと運び、追及を避ける。

「芸術的な贋作といえば、日本の偽札で有名なものがあったよなあ」

「日本の偽札史上で最高の芸術品と言われている、千円札のチ－三十七号ですか。たしか未解決のままでしたね」

「そう、それ。さすが聡、生まれる前の事件でも知っていたか。金額が千円だったことを考えたら、金銭目的よりも制作者の誇示の意味合いが大きいかもな」

香純の思惑どおり、ふたりの関心は、すぐにほかのものへと向けられたようだ。

すっかり、香純が口をはさめないようなマニアな話題で盛りあがっている。

「人の集まるところは、どうも人間関係って難しくなるよなあ」

「そうですね。それが師弟という上下関係にしろ、恋愛に関するライバルという立場にしろ」

「だよなあ。お、聡も苦労しているタイプと見たね」

「そういう高科さんもですよね。同種のにおいを感じます」

お互いの顔を見つめあったふたりは、同時に大きなため息をつく。

その姿は香純を、不思議なものを見ている感覚に陥らせた。

――十代の高校生と三十代のいい大人が、同じようなことで悩んでいる。

彼らはとにかく、くせがありすぎるのよ。きっとわたしは、彼らの苦手とする複雑な人間関係とは縁が遠そうだ。

などと考えながら、香純は口もとをゆるめて、ふたりの姿をぼんやりと眺めていた。

複雑に絡みあう人間関係を、良好に築くのは難しい。

けれど、意外にも年齢を超えて話が合う人たちも、ここにいるよ。

男ふたりの会話へ混ざれなくなった香純は、手をあげて店員さんを呼びとめると、元気に声をあげた。

「すみませーん。ケーキセットをお願いしまぁす」

第三話

いなくなったの、だぁれ?

「かすみちゃ〜ん。いまからおうち？」

どうやら今日も、帰宅時間が同じくらいになったらしい。

梅雨の時期の三時ごろ、黄色い傘をさした小学一年生の理子が、こちらも黄色い長靴をはいて、がっぽがっぽと音を立てながら香純へ向かっていく。

曲がり角で声をかけられた香純は、彼女が急いで転ばないようにと、振り返って待つように立ち止まった。

「理子ちゃんも、いま学校の帰りなのかな？」

「そうなの」

そばまでやってきた理子は、大きな瞳を輝かせて聞いてきた。

「ねえ、かすみちゃん。学校の七ふしぎって、しってる？」

その期待に満ちた目に、香純は、にっこりと笑顔を浮かべてみせた。

小学校に入って必ず話題になるのが、学校の怪談である七不思議というものだ。どうやら理子のクラスでも、さっそく話題になったらしい。おそらく最初に、上の学年に兄や姉がいる子がそこから聞きつけてきて、面白がって話すのだろう。

香純は、自分の小学生時代を思いだしながら、わくわくと待っている理子へ、当然とばかりに返事をする。

「知っているわよ。わたしも理子ちゃんと同じ小学校にいたんだもの」

「ほんとう？　おしえておしえて〜」

頬をピンク色に染めながら、理子は純真な瞳を向けて、香純の顔をじっと見つめた。

香純は、理子と並んで歩きだしながら、もったいぶって口を開く。わかりやすく、傘を持っていないほうの手の指を折りながら、ゆっくり話しはじめた。

「まずは、誰もいない音楽室の古いピアノが鳴るでしょ。理科室にある人体模型が動くでしょ。西側の階段が夜になると一段増えるでしょ。二宮金次《にのみやきんじ》郎《ろう》の銅像が夜中に歩きまわるでしょ。誰もいない体育館でボールの跳ねる音がするでしょ……」

「かすみちゃん、ちがう～」

急に理子が、首を横に振った。

「りこちゃんがきいたのは、うんどうじょうのブランコであそぶゆうれいでしょ？　トイレの一ばんおくにいる花子さんでしょ？　よなかのほうそうしつから音がくがながれるでしょ？」

小さい指を折りながら、理子は一生懸命、香純へ説明をはじめる。それを聞いて、香純は気がついた。

どうやら、同じ学校でも、時代によって七不思議というものは変わっていくようだ。香純が卒業してから八年ほど経つが、いまの小学生が知っている七不思議は、ちょっと現代風にアレンジされている気がする。

「あとね。さいごは、きょうしつの入るところにかざってある、えの中の子どもがあるきまわるの」

「へえ……。あの絵の子どもが……」

理子の言葉を聞いていた香純は、七つ目となる不思議に興味が惹かれた。なぜなら理子の言う絵が、香純が小学校に通っていたころから、一年の教室へ向かう廊下に掛けられている絵を指しているとわかったからだ。あの小学校に入学すると、まず一番に目にするだろう大きな絵だ。

作者の名前は覚えていない。

ただ、大勢の子どもたちが鬼ごっこをしたり、輪になって遊んでいたりしてる場面が描かれており、子ども心につい立ち止まって、なんの遊びをしているのだろうと思わず眺めてしまうような、興味を惹く絵だったという記憶が残っている。

夜中に学校の中を歩きまわるのは、二宮金次郎や人体模型ではなく、いまは絵画の中の子どもになっているらしい。

感慨にひたりながら、香純は理子へ向かって言葉を続けた。

「あの絵は、わたしが小学生だったときから飾ってあるんだよ」

「ほんとう！　すご～い」

香純は笑いながら、理子の顔をのぞきこんで、茶目っ気たっぷりに言ってみる。

「もしかしたら、絵からどんどん子どもが抜けだしていて、わたしが観ていたときよりも子どもの数が減っていたりして……ね」

「こわ～い！」

理子は楽しそうに、子ども特有の甲高い笑い声を立てる。

そして、理子の家の前に到着した香純が、いつものように片手をあげると、理子も、大きく手を振り返してきた。


そんな理子が、数日後の夕方、母親に連れられて香純の家までやってきた。

夕食の用意をはじめていた母親が、インターホンに応えて玄関まででていったあと、すぐに香純を呼びに戻ってくる。

「ねえ、香純。あんたが理子ちゃんの話を聞いてくれないかねえ」

「え？　こんな時間に理子ちゃんが？」

「なんか、理子ちゃんが、香純ならどうにかしてくれるって言っているらしくて」

「なんだろう？　なにかあったっけ？」

香純が首をひねりながら玄関まででていくと、理子の母親も、困ったような戸惑ったような顔を向けてきた。

そして、その母親にしがみつき、泣きそうな表情となった理子が、小さな声を絞りだした。

「えの中の子がひとり、ほんとうにもどってこなくなっちゃったの」

「なにかと思ってきてみたら、絵から抜けだした子どもを探してくれって、それは俺の仕事なのかね？」

後日、香純からの呼びだしを受けてやってきた高科は、話を聞くなりそう言って大袈裟に嘆いてみせた。

◇◇◇

玄関で革靴を脱ぎながら、高科は、苦笑いのような笑みを口もとへ浮かべてみせた。

「思わぬ相談事で招集されるものですね」

そう言いながら、運動靴を脱ぐ聡が後ろに続く。

「ちょっと。わたし、聡くんなんか呼んでないんだけど」

玄関の上り口で仁王立ちをした香純は、聡を上から居丈高に見おろしながら言い放つ。

すると、しれっとした表情で、聡が言い返した。

「先に高科さんと会っていたところに、香純さんが電話で割りこんできたんじゃないですか。邪魔したのは香純さんのほうです」

「え？　あなたたち、いつの間にそんなに意気投合してたの？」

男ふたりは、意味ありげに視線を交わすと、声なく笑みを浮かべる。その様子に、香純はムッとした。

うわ。なにこのふたり、いやらしい。けしからん。

香純はとりあえず、権力的に見て自分より年下の聡の二の腕を引っぱり寄せ、耳もとでささやいた。

「どういうことよ？　あなた、わたしに以前、見知らぬ男性とふたりきりになるなって言ったわよね。男子といえども未成年の高校生が、なに不用心に会っちゃったりしてんのよ。よく知らない人についていっちゃいけないでしょ？」

「なにを言っているんですか？　香純さん」

悪びれる様子も見せずに、聡は、すました顔で口を開く。

「すでに高科さんとは二度も直接会って、一緒に行動してきたじゃないですか。というか、俺は別に、もう何度か高科さんと美術展に行っているんですけれどね」

「え！　なに、初耳！　なんでわたしを誘わないの！」

「――じゃあ今度、機会があれば」

「ずるい～」

不満そうに頬をふくらませる香純へ、聡は続ける。

「なので、不審者風の見知らぬ他人ではなくて、高科さんはもう、話の合う友人ですよ」

「だよねえ」

会話が聞こえていたらしく、背の高い高科が聡の肩を抱くように、後ろからポンと覆いかぶさってきた。

「俺たちのデートを邪魔してくれたおわびに、香純ちゃんには、珈琲でも淹れてもらっちゃおうかなぁ。俺はキリマンね」

「それじゃあ、キリマンの酸味が嫌いなので、俺はキリマン以外のブラックで」

「ははは。聡はまだまだ子どもだな。あの酸味が美味いのに」

楽しそうに、高科は聡の額を軽く小突く。

「ちょっとぉ。ここは喫茶店じゃないのよ？　うちにはインスタントしかございません」

香純は、好き勝手を言っているふたりを睨みつけた。


「その小学生の話だと、絵から抜けだした子どもはひとりで、いつまで経っても絵に戻ってこないってことなんだな」

高科は、さすがに家の中では、いつも羽織っている黒いコートを脱いだ。居間にある四人用のダイニングテーブルの椅子に腰をおろすと、とりあえず香純のだした珈琲を飲みながら口を開く。

その隣におとなしく並んだ聡は、香純が大皿に移しかえてテーブルへ置いた市販のクッキーへ手をのばした。

「そうなの。先日の雨の日に、理子ちゃんと一緒に帰る途中で、学校の怪談の話をしたんだけど。理子ちゃんの話では、四月の終わりごろ、壁に掛けていた絵が一度落ちて、額縁の角が壊れたんだって。その修復はとっくに終わっていたらしいんだけど。理子ちゃん、わたしと怪談の話をしたからって久しぶりにじっくり眺めてみると、絵から子どもがひとり消えていたらしくて」

「額縁の修復か」

「でも、落ちた衝撃で破損したのは額縁だけで、中の絵は大丈夫だったそうだから、額縁の修復はしても、絵は無関係でしょ？」

「まあ、たしかに、修復をしなければいけないほど傷んだんでもなきゃ、絵に手を入れるようなことはしないな」

「わたしが覚えている限り、絵の保存状態もよかったと思う。わたしが最後に観てから、十年も経たずに修復が必要になるほど悪くなってるなんてこと、ないと思うんだけど」

ふたりの向かいに座った香純は、テーブルの上に両ひじをつきながら言葉を続ける。

「理子ちゃんはクラスで、学校の怪談を聞いたばかりらしいから、学校内では本当に怖い話があると思いこんでるんだと思うけど。だってね、描かれた子どもが絵から抜けでるだなんて」

するると、ふいに高科が、口もとへニヤリとした笑みを浮かべた。

「描かれたものが絵から抜けでるなんて話、よく聞くじゃないか？　なあ、香純ちゃんよ」

「え？」

そう言われた香純は、首をひねって真面目に考えこむ。

絵から抜けでるなんて、実際にあることなの？

そして、あっとすぐに思いあたった香純は、勢いよく言葉にだした。

「それって、一休さんのとんちだよね？　絵に描かれたトラを縛れと殿さまに命じられた一休さんが、縛るために、まず絵からトラを追いだしてくださいっていう話！」

だが、すぐに香純はまちがいに気がついた。

「あれ？　でも、結局あの話って、トラは絵から抜けださないんだよね……？」

声が徐々に小さくなる。

そんな香純を、高科は黙ったまま薄ら笑いを浮かべて眺めている。その態度が気にくわなくて、香純は唇を尖らせて睨んでみせた。

すると、わきから聡が口をはさむ。

「高科さん、それは『抜け雀』か『絵から抜け出た馬』あたりですか」

「さすが聡。よく知っているねえ」

聡のほうへ向かって指をぱちんと鳴らした高科は、嬉しそうに返事をした。

香純はいままで、絵から抜けでてくる雀や馬の話なんて聞いたことがない。

話を知らないために怪訝な顔をしていたらしい香純に気づいたらしく、聡が、簡単に説明するとね、と前置きをする。

「『抜け雀』のほうの話になりますが。――昔、宿代を持っていなかった絵師が、抵当として五羽の雀の絵を描いた。その雀が絵から抜けだしては戻ってくると評判になり、見物人が多く訪れるようになる。ところが、ある老人がその絵を見るなり、止まり木が描かれていないために雀はいずれ疲れて死ぬだろうと告げる。その老人が絵の中に止まり木を描き足してやると、雀は絵の中へ戻って止まり木にとまった、という話になります」

「その話は落語で伝わっているが、本来は京都の知恩院《ちおんいん》七不思議のひとつだ。襖絵《ふすまえ》から雀が抜けだしたという伝説がある。実際に京都狩野《かのう》派のひとりが描いた襖絵で、いまでも雀がいなくなった状態の襖が知恩院に保管されていたはずだ」

聡の話に、高科が付け加えた。

一応落語や伝説といっても、現物の襖が残っている絵だとすると、なんだか信憑性がある気がしてくるから不思議だ。

感心して香純が聞いていると、聡はさらにクッキーへ手をのばしながら、もうひとつのほうも語って聞かせた。

「『絵から抜け出た馬』のほうは民話ですね。――ある寺に絵の上手な小僧がいて、馬の絵を描いたところ、夜な夜な絵から抜けだし村の作物を食い荒らすようになった。困った村人たちのために、寺の和尚が絵の中に杭を描いて馬をつなぐようにさせたところ、馬が抜けだすことはなくなった、という話です」

「でも、それ、民話ってことは昔話で、作り話ってことよね？」

雀とちがって馬のほうは、ただのお話だ。そう考えた香純が文句を口にすると、次は高科が、ちがうんだよなあと言って切り返してきた。

「たしかに語り継がれる民話だが、今回の学校の絵と照らしあわせると、事実か物語かという部分じゃないんだよなあ。それぞれ抜けだした人物や動物が、どうして抜けだしたのかという動機や原因をつかむことで、このたびの解決策が見つかるんじゃないかってことなんだよ。香純ちゃん」

「高科さんは、小学校にある絵の中の子どもが、本当に抜けだしたと思ってるの？」

驚いたような声になって、香純は高科へ聞き返したが。

ふいに、珈琲を飲み終わった聡が、ぼそっとつぶやいた。

「――その絵、実際に観てみたいな」

香純は、ぱっと聡のほうへ振り返る。

「え？　本気？　描かれた絵の中に子どもが残っているかいないかを観にいきたいってこと？　でも、聡くんはたしか小学校がちがったよね？　だったら、もともとの絵を知らないでしょ？」

すると、聡は、小首をかしげて香純に告げた。

「実際に絵を観たら、描かれているものの配置バランスや絵画の保存状態などがわかる。そこから、なんらかの理由でひとりの子どもが抜け落ちているのであれば、調べられるかもしれない」

「まあ、絵の中の子どもがいないってのが、その絵の変化なのか、絵ではなく観た子ども自身の内面からくる変化なのか。それを見極めるために、俺も絵を観にいきましょうかね。あ、当然ながら香純ちゃんも一緒に観にいくよな。なんといっても、元の絵を観て知っているわけだし」

高科もそう口にしながら、おもむろに立ちあがる。

慌てた香純は、制するように両手を前につきだして口を開いた。

「ち、ちょっと待ってよ。いまから観にいく気？　それにわたしもいくの？　第一、学校って、関係者以外の人は立ち入り禁止じゃないかなあ！」

「香純さん。高科さんを呼んでまで、この話を振っておきながら、自分は一緒に観にいかない気だったんですか？」

高科と一緒に立ちあがった聡が、呆れたような声をあげた。

「え？　いや、その」

――だって、怖いじゃない？　本当に、昔、自分が観た絵から子どもの数が足りなくなっていたら……。

そう考えて怯《ひる》んだ香純を横目に、高科は薄手のコートの内側から携帯を取りだしつつ、その口もとに楽しげな笑みを刻んだ。

「ちょいと失礼して電話をするよ。絵画バイヤーの名は伊達じゃない。学校内の絵を観たいといえば、これがまたツテがあるんだよなあ」

止める間もなく、あ、もしもしと小声になった高科の背を、香純は黙って恨みがましく見つめる。すると、聡が香純へ、念を押すように聞いてきた。

「それじゃあ、香純さんは観にいかないんだ」

「だって、都市伝説とまでもいかない、眉唾ものの学校七不思議でしょ？　絵をたしかめるまでもないんじゃないかなあ、と……」

香純の、いかにも気がすすまないといった感じの返事を聞いた聡は、最初から決めていたことのように、電話を続ける高科のほうへと振り返る。

「じゃあ、その面白そうな絵画を観にいくのは、俺と高科さんだけで。香純さんは、ひとりでここに残って待っていてください」

やけに物わかりがいいなと思いながら、香純は聡へ、こっくりとうなずこうとする。

すると彼は、香純へ意味ありげな流し目を送りつつ、妙にトーンの低い声色でつぶやくように続けた。

「——こういうものは、思いきって観てしまったほうが、あとあと引きずらないものなんですけれどね。観にいかなかった香純さんは、きっとこれからも、あの絵はどうだったんだろうなんて思いながら、ずっと気にして過ごしていくんでしょうね……」

「ちょっと待って！　なにも観にいかないとは言ってないでしょう？」

反射的に、香純はうっかりと叫んでしまう。

怖い絵を観るのは、嫌だ。だが、観て確認することは一瞬だ。観ないままで、毎晩寝る前に思いだして気になってしまうほうが、もっと嫌かもしれないと、香純に思わせた。

ならば、いっそのこと、このふたりがいるときに一緒についていき、怪奇現象なんてないんだとすっきりさせるほうがいいはずだ。第一、聡からこんな言われ方をしたあとで、香純はひとりでここに残されたくなかった。

香純がそんな風に、自分にしぶしぶ言い聞かせたとき、電話が終わった。

高科が振り返り、無表情の聡と視線を交わす。とたんに高科は、香純へ向かってほくそ笑むように歯を見せた。

——しまった！　これはもしかして……。

香純は、自分がうっかり乗せられたことに気づいたが、もうあとの祭りだった。


夕方の四時ごろ、香純は、高科と聡とともに、歩いて二十分ほどのところにある小学校へ向かった。校門のそばまで行くと、ちょうどホームルームが終わったタイミングらしく、下校する小学生の集団とぶつかる。

校門が開放されており、表まででてきて帰りの挨拶の言葉をかけている教師に、高科はふらりと近づいた。怪訝な表情で高科を見る教師に、二言三言ささやくと、ちゃんと話が通っていたのか、高科は香純たちのほうへ振り返って手招く。

下校する生徒の波に逆らわないように、香純たちは中庭を通った近道を使って、職員室まで案内された。

そんなに大きくないこの小学校は、創立三十周年を迎えている。現在、一学年は二クラスで、総数四百人ほどの規模となっていた。

卒業から八年が経つと、いま職員室にいる教師たちの中で、当時香純に教えてくれた面識のある先生はいなさそうだ。

「連絡をいただいております。我が校内に飾られている絵画をご覧になりたいとか。案内は、こちらの一年の担任となる如月《きさらぎ》先生が」

校長は大柄で貫録のある男性で、職員室の出入口まででてくる。そして、香純たちへ、横に立つジャージ姿の若い女性教師を紹介した。

如月は、教師になりたてのような初々しさを感じさせる若さと表情を持った女性だった。ジャージの上からでもわかるバランスの取れた体型から、かなり運動神経もよいと思われる。

「それでは行きましょうか。どうぞこちらへ」

片手に薄い冊子を持った如月は、笑顔を浮かべ、はきはきとした口調で廊下のほうへ誘導した。嬉しそうな顔をしてついていく高科と、そのあとに黙々と続く聡を見ながら、ちょっと香純はムッとする。

――なんだろう。この胸の中のもやっと感。高科さんの、如月先生とわたしに対する態度のちがいが、あからさまだからだろうか？

職員室の前からまっすぐのびた廊下を歩き、一年生の教室へ向かう出入り口のところまで移動すると、そこの廊下の片側の壁に、問題となる大きな絵が掛けられていた。

香純にとって、観るのは卒業して以来になる絵画だ。斜に観えていた絵が、徐々に正面へ向かうにつれ、描かれた絵の様子がわかってくる。

その絵には、空き地か学校の運動場のような広い場所で遊ぶ、大勢の子どもたちの姿が描かれていた。

香純が、かすかに覚えていたとおり、絵の上方では鬼ごっこをしているように走りまわる子どもたち。そのそばで、しゃがんで顔を手で隠した子どもを囲むように、輪になって手をつないだ子どもたち。ボールを投げあう子どもたち。

かくれんぼと思《おぼ》しき遊びをしている子どもたちや、下のほうではメンコやビー玉、人形などの道具を使って遊んでいる集団も描かれている。

地面が砂なのか、小さな石のようなものをつまんだ子どもが数人でしゃがみこみ、丸や四角などの簡単な絵を描いている様子もうかがえた。

描かれたほとんどの子どもたちは口を開けて笑っており、服装は比較的簡素で、半袖の体操着に膝上までの体操ズボンと襞スカートのような感じだ。墨で線を描き、必要な色を最低限乗せていったような、全体的に落ちついた色調の平面的な絵画だった。額縁が補修されたばかりということもあるのか、埃もなくきれいな状態で壁に掛けられている。

おどろおどろしい想像をふくらませていた香純は、拍子抜けするほど、安心した気持ちで絵を見つめた。

色は地味だが、怖くもない。子どもたちの表情も明るい。それに、こんなに大勢が描かれていたら、抜けだした子どもなんて、いるかどうかもわからない。

これは、聡の言っていたとおり、観にきてよかったかもと、香純は考える。絵が気になって、夜な夜な思いだすこともなさそうだ。

香純は、そっと安堵の息を吐いた。

真面目な顔になって絵を凝視する聡の隣で、絵の横のタイトルプレートを確認した高科が、おもむろに声にだす。

「制作者名は、市川公次郎《いちかわこうじろう》さんか。プロの画家じゃないが、聞いたことがある名だな。もう亡くなっているが、このあたりの出身で活動をされていた画家だったから、たぶん俺は知っているんだろう。で、作品タイトルは『童戯《どうぎ》』ね」

「そうです。アマチュアの方なのですが、地元だということで、学校創立の際に市川さんのほうからのお申し出で、絵画を寄贈してもらったと聞いています」

如月が応えると、うなずいた高科は、彼女のほうへ顔を向けた。

「ブリューゲルの『子供の遊び』の日本版って感じか。向こうは老若男女混ざって八十種ほどの遊びが描かれているが、こちらは子どもばっかりで十種ほどかね」

「そうですね。――その『子供の遊び』という絵のほうは知らないのですが……。勉強不足ですみません」

照れたように笑いながら、如月が小さくうなずく。

すると、高科の隣で絵に観入っていた聡が、ぼそりとつぶやいた。

「高科さん。この絵なら、どちらかというとブリューゲルよりも国貞《くにさだ》画の『あそび漫遊』のほうが、近い気がしませんか？」

「ああ、なるほどな！　あっちのほうにイメージが近いか」

高科と聡の会話に、香純が首をかしげて割りこんだ。

「国貞って誰？　有名な画家なの？」

「なんだ、香純ちゃんは知らないのか。歌川《うたがわ》国貞って浮世絵師がいたんだよ」

「歌川国貞？　浮世絵師？」

浮世絵師と言われて香純が思い浮かべるのは、歌舞伎の役者のような絵を描いた写楽《しゃらく》か、富士山の絵で有名な北斎《ほくさい》くらいだ。

首をひねる香純へ、聡が口をはさんできた。

「その国貞が『あそび漫遊』という、川遊びをする子どもたちの絵を描いているんですよ。遊びの場所こそ違いますが、この絵の雰囲気はそれに近いですね」

さらに聡は、言葉を続ける。

「歌川国貞は、もっとも多くの作品を残した浮世絵師です。粋な美人画も有名ですが、やはり春画《しゅんが》でしょうか。浮世絵最高の技術を駆使されて描かれた作品は、見応えがありますから」

「だよな。あのピカソにも影響を与えたとされる、日本の春画だ」

高科と聡の会話から、香純はあとで『春画』というものをインターネットで調べてみようと考える。そんな香純の様子を横目に、高科は如月のほうへ振り向いた。

「それで如月先生は、この絵の子どもが抜けでたという噂を聞いたことがありますかね」

「え？　あ、はい」

慌てて如月は、うなずきながら返事をする。

「その話は最近、一年生のクラスの子どもたちのあいだで話題になっていますから。あ、もしかして、そのことを確認するために、ここへ来られたんですか？」

ようやく、高科たちの来校の目的に気づいたようだ。如月が言葉を続けようとしたとき、いままでずっと絵を見つめていた聡が、会話に割って入るように告げた。

「この絵。やっぱり子どもが抜けだしていますね」

その言葉を聞いた瞬間、皆は黙りこんだ。

「――ちょっと。冗談を言わないで」

空気までひんやりするような静寂にいたたまれなくなった香純は、聡へ言い返す。すると、如月がなにかを言おうとするように、口を開きかけた。

その動きを押しとどめ、聡が言葉を続ける。

「この絵、子どもの配置や空間を考えると、明らかにバランスが悪いんですよ。ここ、この左下に子どもが描かれているほうが自然な気がします。どうですか？　高科さん」

高科へ目配せをしながら、聡は壁へ近づいて絵の左下を指し示した。少し身を屈《かが》めてその部分へ顔を近づけ、じっと凝視した高科は、顎をなでながらつぶやく。

「――たしかに。妙な空間というか、背景となる地の部分が異質だな……」

「それじゃあ、本当に子どもが、そこに描かれていたの？」

香純は、震える声をだした。

八年前まで自分が通っていた小学校に、当時から掛けられていた絵だ。だが、二年生になると教室が変わって、絵が飾られている廊下を通ることはなくなり、記憶は曖昧となって、はっきりと子どもの配置など覚えていない。

すると、如月が遅ればせながら、持参していた薄い冊子を取りだした。

「──あの。わたしは今年の四月から、この学校に着任したばかりで。絵に関して、なにか聞かれたときのためにと思って、一応、昨年配布されていた小学校の案内パンフレットを持ってきたんですけれど……」

そう言いながら、如月は冊子を開き、そこに掲載されている写真を向けた。そのページの一角に、目の前の絵の全体が写っている。

その写真の絵の、向かって左端の下のほうには、目の前に実在する絵画にはいない子どもがひとり、まるで友人の遊びを眺めているかのような後ろ姿で描かれていた。

すっかり凍りついた空気を破ったのは、聡だった。

「実際に絵を観にきて、怪現象じゃないと思ったら言わないつもりだったんですが。俺、もともと視《み》える体質なんですよ」

淡々と感情をこめずに説明する聡のほうが、香純にとっては怖い。

恐怖にひきつった香純の顔に気づかないのか、気づいても気にしていないのか、さらに彼は言葉を続けた。

「抜けだした子は、いまも、この学校内をうろついていますね」

怖い。怖い、怖いのよ！　聡くん！

そう叫ぶ代わりに恐怖を吹き飛ばすため、香純は校内をびしっと指さした。

「だったら、あなたが見つけてきて絵に戻るように説得しなさいよ！　視えるんでしょ？早く言い聞かせて元の絵の中に戻して！」

「でも、抜けだした原因を突き止めなければ、連れ戻してもまた、何度でも繰り返し脱走すると思いますよ」

普段から聡は、なにを考えているのかよくわからない少年だ。突然そのようなことを口にしても違和感はないが、より怪しげではある。実際に、彼を見る如月も眉をひそめた。

香純は助けを求めるように、高科へと視線を向けた。高科は、どうするか考えるように口もとへ笑みを浮かべながら、顎鬚をなでる。

すると、そんな高科へ向かって、聡は口を開いた。

「長い年月を経た物や生き物には、神や霊魂が宿って九十九神《つくもがみ》になる。言葉に力が宿り言霊《ことだま》となる。強い想いがこもれば、絵に魂が宿っても不思議じゃない。そう思いませんか？高科さん」

「――そうだな。絵は、ひと筆、ひと筆、制作者の想いを乗せていくものだな。まさに、魂をこめて描いているよなあ」

あっさりと賛同した高科は、唖然とする香純へ言葉を続けた。

「原因究明は必要なことだ。それが霊的なことであってもちがっても。香純ちゃんも、納得できる説明がほしいだろう？」

　そして、如月へ向かって、ですよねえと同意を求めながら片目をつむってみせる。

如月への合図のようなウインクが妙に引っかかったが、そこまで言われて、香純は、なるほどと思った。

　現実的に考えられるのは、すり替えだ。絵から子どもが抜けだしたわけじゃない。誰かが意図的に、ほかの絵とすり替えたんだ。

となると、それは自分たちが調べることではない気がする。絵のすり替えや盗難なら、警察に届けでるべきではないのか？　そんなことを考えている香純の顔を、ふいに聡がのぞきこんだ。

　先ほどの話の内容からドキリとした香純だったが、そんな彼女の態度を気にしていない彼は無表情で、そっと耳もとへささやく。

「香純さんが、理子に頼まれたんでしょう？　だったらこれは、香純さんが、ぜひとも解決してあげなきゃいけないですよね」

「よし。決まり」

　高科はポンと手を打ち鳴らした。

「如月先生も、いいですよね。今回は子どもたちにも、ここにいる香純さんにも、こちらが納得のいく形で解決させていただいてもいいですね？」

「え？　ええ。そうですね……」

その強引さに押し切られるように、如月はうなずいた。

香純が制止をかける前に、高科と聡は頭を寄せて、打ち合わせをはじめてしまう。

「そうと決まれば、情報収集ですね。あとで校内の先生方から改めて、絵に関する情報を聞くということで。この作品の画家の情報、高科さんは持っていらっしゃいますか？」

聡に問われた高科は、顎鬚をなでながら考える表情を浮かべる。

「このあたりの出身で、もともと名前は知っていた画家だからね。最低限の情報は俺のデータベースにあるし、生い立ちやそのほかのことは、俺が近所をあたってみよう」

「俺のほうは、子どもに気持ちよく絵画の中へ戻ってもらったうえで、今後抜けださないようにする方法を確認しておきます」

話がまとまったらしいふたりは、香純と如月に向かって、不敵な笑みを浮かべながら親指を立てた。如月が承諾したために、しぶしぶ香純も同意したが、香純は、やや不安に駆られながら心の中で叫んでいた。

ちょっと待ちなさいよ！　聡くん。あなた、高科さんの話を聞いてた？　やっぱり霊的な現象として、この話を進めようとしているんじゃないの？

◇◇◇

その日から何日か過ぎた週末。

母親はパート、父親も月曜まで出張で不在となるゆるりとした土曜日の昼下がりを、居間のソファに寝転がりながら、香純はだらだらと過ごしていた。

あれから毎晩、寝る前に絵を思いだしてしまう香純は、なかなか寝つけず、すっかり寝不足になっている。夜中に子どもの足音を聞く幻聴まで起こっている始末だ。

「あの高校生！　なにが、観たほうが引きずりませんよ、だ！　充分絵にうなされて、毎日怖い思いをしてるわよ！」

そう怒りがふつふつと湧きあがっているときに鳴らされたインターホンで、不意をつかれた香純は飛びあがった。

「はいはい。失礼いたしますよ」

そう言いながら、全然失礼だと思っていなさそうな高科が、ずいっと家の居間まで入ってくる。続いて入ってきた聡は、ちらりと香純を一瞥すると、ふざけたことを口にした。

「香純さん。一応若い女性なんだから、もう少し露出を考えましょうよ。短パンはどうかと思いますね」

「この生意気高校生！　家でくつろいでいるところへ、そっちが勝手にやってきたんじゃないの！」

指を突きつけ、香純が怒鳴ってやろうとした矢先。

「あ、香純ちゃん。俺は珈琲ね。あれから気を利かせて、キリマンを買ってくれちゃったりしてないかなあ？」

「俺はキリマン以外でお願いします」

――この男どもは！

香純は両手に握りこぶしをつくると、ふるふるとその場で打ち震えた。


「画家の市川公次郎だけれどね。生まれも育ちもこのあたりで、両親は学校の教師をしていたそうだ。本人は小学校にあがるまえから絵を描くことが好きで、賞を獲っていないアマチュアだが、ずっと亡くなるまで地元密着で油絵を描き続けていたらしい。また、三十代で結婚していて息子がひとり。彼も父親の影響で画家をしているそうだ」

どっかりと居間にあるダイニングテーブルの椅子へ腰をおろした高科は、さっそく手にした数枚の紙を繰りながら話しだした。

「へえ」

珈琲とクッキーの皿を運んだトレイを横に置き、香純はふたりの向かい側に腰をおろすと、話を聞く体勢になった。

この高科の報告を聞いて、絵のすり替えの事実が判明すれば、あとは警察に任せて取りもどすだけとなる。

そう言い聞かせながら、香純は自分の安眠のために、真剣に耳をかたむける。

「あの小学校にあった絵は、あの場で先生が言っていたとおり、創立記念に寄贈されたものだな。画家は五十歳を過ぎていたころで、当時の手記が資料館に残されていた」

「そんなものが残っているものなの？」

「まあ、各地の歴史資料館の活動や保存にもよるだろうけれどね」

そして、高科は、声のトーンを落とした。

ややしんみりとした口調になって、話を続ける。

「この市川さんは、開校記念に小学校へ絵を寄贈することが決まったとき、子どもの遊びを題材にした絵を描こうとした。そのとき、小学校時代に自分の周囲ではやっていた遊びをする友人たちを、思いだしながら描いたらしい、とある」

香純は黙ってうなずいた。高科の話し方が妙に気になり、口をはさむべきではないと、自然に思ったためだ。

すると、腕をのばした高科は、おもむろに広げたページを、香純へ見えるようにテーブルの中央へと置いた。それは、如月から借りてきたらしい、あの小学校案内の冊子だ。

眉をひそめた香純へ、高科は冊子に載っている写真の一部へ指を置いて見るように促す。

「ここ。これは今回、抜けだしたとされる子どもだよな。これ、誰だと思う？」

「え？　誰って言われても……？」

こわごわ、香純は写真に目を凝らした。そういう話の振り方をするのだから、自分が知っている人物なのだろうかと、香純は考える。

向こうを向いた子ども。特徴としては髪が短く、おそらく男の子であり、遊んでいる子を眺めている。でも、この子は、眺めているだけで遊んでいる様子はない……？

まったく思い浮かばない香純は、高科へ向かって、首を横に振った。

「この子どもは、この絵を描いた作者本人、市川さんだそうだ」

「――そうなんだ。絵を描いた画家が、友人たちの遊びを眺めている図なのね」

話の流れに乗って、そこまで口にした香純は、自分の言葉に首をひねる。

画家が絵の中に、作者自身を描きこむなんてこと、あるのだろうか。描きこんだとしたら、その意図はなんだろう？

そんな香純の疑問が顔にでたのか、高科はちょっと横道へそれる。

「絵の中に画家本人を描くことは多いんだよ、香純ちゃん。たとえば以前、香純ちゃんが手に入れた犬の絵のオリジナルである『アルノルフィーニ夫妻の肖像』ね。あれもよく見たら、中央の鏡の中に画家本人が描かれているんだよ。しかも、結婚の儀式を行う夫妻の友人として、ちょうど扉を開けて入ってくる姿だ。そんな感じで探してみると、画家は自分の作品のあちらこちらに顔をだしているもんだ」

それから高科は、改めて写真を手に取った。

「当時の同級生を捜しだして話を聞いたんだが、この画家である市川公次郎さんは、小学校時代も、ずっとひとりで絵を描いていたらしい。本人は好きで描いていたんだろうけれど。だから、いざ小学校時代のころの遊びの絵を描こうと想い出を振り返ると、どんな遊びがはやっていたのか、自分自身が体験していないと気づいたんじゃないだろうか。だから、絵の中の市川さんは、遊びの輪の中へ入らず、遊ぶ子どもたちの傍観者として描かれた……」

それで、この端に描かれた子どもは、ひとりで眺めている構図なのか……と、香純は改めて納得する。

だが、そのことと今回、描かれた子どもが消えたことと、どう関係があるのだろうか？とも考える。

作者である市川に心境の変化があって、絵を取り替えたわけではないはずだ。なぜなら、市川はすでに亡くなっているのだから、できるわけがない。

静かな声音のままで、高科が口を開く。

「絵画を観るときの話になるんだけれどね。絵画ってものは、画家が普段からどんな絵を描いているのか、作者がどんな性格をしているのか、知っておく必要がある。また、それが描かれたときの画家の置かれていた環境や、そのときの心理状態を把握して観る必要がある。画家の精神面が、大きく作品に現れるものだからね。たとえば、ピカソの『青の時代』なんて有名だから、香純ちゃんも知っているんじゃないかな？」

青の時代？と香純は首をかしげた。

さすがに美術の時間にでも聞いたことがある気がするが、それがどんな作品のことかなんて、香純ははっきりと覚えていない。

すると、いままで黙っていた聡が、香純に向かって説明した。

「ピカソの『青の時代』とは作品名ではなく、青春期の陰鬱《いんうつ》な作風の通称です。ピカソが二十歳のころかな。親友が悲恋のために自殺をしたんです。それからピカソの作品には、悲哀の色となる青系を使ったものが多くなり、描かれる人物は、憔悴《しょうすい》の表情や喜びが感じられない表情が多くなりました。同時に、親友の死がきっかけで、ピカソは作品の格をあげたとも言われています」

「そのあと、ピカソには恋人ができて赤系の使用頻度があがり、明るい色調で描くようになった『ばら色の時代』が到来するんだがな」

混ぜっ返すように続けて、高科は面白そうに声を立てて笑った。笑いながら、彼はつぶやくような声で続ける。

「そのばら色の時代が、くるべきタイミングで訪れたら救われるんだろうなあ」

香純が聞き返すには、それは非常に小さな声で。

聞きちがいかと思うような、かすかな言葉で。

その場にいた聡も表情を変えなかったために、香純は、どういうことなのかと問う瞬間を逃してしまった。

やがて、その笑い声がひと段落したところで、聡が口を開く。

「ピカソでも、そのときどきの心理状態で絵が大きく変化します。そうなると、やはり市川さんも、そのときの心理状態が絵にこめられているといえますよね。――あの描かれた子どもは、市川さんを投影させた子どもでしょう」

「となると、そこに自分の分身となる子どもを描いた意味は、なんだと思う？」

高科は、香純と聡の両方へ質問を振った。香純は、慌てて頭の中に浮かんでいた内容を切りかえる。

「それは。——さっき言ったとおり、市川さんは、友だちがやっていた遊びを参考にして絵を描こうとしたから、その様子を眺めている自分を登場させたんじゃないの？」

香純が、聞いたまま見たままの意見を口にする。

そのあと、聡が、手もとへ視線を落として静かに答えた。

「自分が友人と一緒になって遊んだ記憶がないことに気づいた市川さんは、だから、いまさらながら、友だちの遊びの輪に混ざりたい気持ちで見つめていた、と俺は思います」

それから、顔をあげた聡は、ぽつりと告げた。

「——もしそうであれば、この市川さんの気持ちは、なんとなくわかります」

「え？　そう？」

驚いて、香純は聡の顔を見た。

彼は、香純のぶしつけな視線に怯むことなく、いつもと変わらぬ顔で続ける。

「俺も親しい友人が数えるほどしかいないから。小学校時代と中学校時代も、俺は友だちと遊んだことがほとんどないので、この市川さんの眺めている気持ちが、とても理解できる気がします」

なにげない口調でそう告げた聡を、香純は、ただじっと見つめるしかできなかった。

高校生となったいまでも、聡はとっつきにくそうな優等生なのだろうと、香純は想像する。そして、彼は自分から他人へ歩み寄る気もなさそうだとも。

聡も、そして市川も、本当は孤独なのだろうか。

そんなことを香純が考えていると、高科も、顎を指で掻いてつぶやいた。

「ああ。その気持ちはわかる。俺も、学生時代は友だちが少なくて苦労したクチだわ」

「え？　全然そんな風に見えないけど」

香純は、大きな驚きの声をあげた。

高科が誰にでも絡む社交的な性格だと思っている香純は、意外に感じながら、前の椅子にふんぞり返る彼を疑わしい目で見る。

すると、高科は、香純へ向かってニッと笑ってみせた。

「ほら、俺って変わり者だからさ。長く付きあえる友人が少なくて」

先ほどとは打って変わって、高科は、かかかと豪快な笑い声をあげた。

ああ、それならわかる……。そう思ったところで、ふと、本題からずれたと感じた香純は、テーブルを両手で叩いて話をぶち切った。

「ちょっと！　問題がずれちゃっているじゃない！　えっと。いままでの話で、市川さんの絵を描いていたときの心理状態がなんとなく理解できたってことにしましょ！　あの消えた子どもは市川さんの分身！　だったらなぜ、こんな子どもが消える現象が、それもいまになって起こるのよ！」

ようやく話の中心に入ったと思った香純だが、結局のところ、その原因はさっぱりつかめていない。

問題解決の糸口は見つかるのか？　どうすれば元の絵に戻るのか？　香純の心の叫びだ。

はやく理子を安心させて、なおかつ、自分自身の安らかな睡眠を取りもどしたいという思いから、香純の言葉には焦りの色がにじんだ。

まさか、ただ珈琲を飲みながらおしゃべりにきただけじゃないでしょうねと、香純は目の前のふたりを睨みつける。

すると、察したように聡が、妙に不敵な笑みを口もとへ浮かべた。

「その点は心配なく。約束どおり、ちゃんと対策を練ってきましたから。なので香純さん、いまから理子に連絡を取ってもらえますか？」

「――聡くんが、対策を練ってきたの？」

それって、やっぱり心霊現象が前提ってことなのか。

不安な表情となりながら、香純は、自信たっぷりの聡にしぶしぶうなずいてみせた。

◇◇◇

その日の夕方六時過ぎに、香純は理子と、小学校の校門前で待ち合わせをした。

高科が今回も事前に学校側へ連絡を入れて許可を取っていたため、香純たちが学校へつくと、如月も待っていた。

「いやあ。先生にもお手数をおかけいたしますねえ」

「いいえ、そんな。でも、こういうイベントって、大人になってもわくわくしますよね。校長ともども楽しみにしているのです」

前回とはちがって長めのシンプルなスカートにカーディガンを羽織った如月は、笑みを浮かべつつ高科に返事をする。

香純としては、なにも暗くなる時間に集まらなくてもいいじゃないと思っているのだが、如月のほうは、イベントとして受け取っているようだ。

そこへ、理子が母親に連れられてやってきた。

「かすみちゃ～ん」

手を振りながら、大きな声で呼ぶ理子は、いつもどおり両耳の横でくくった髪を揺らしている。いまは、大きなランドセルを背負っていない体操服姿なので、とても身軽そうだ。

その理子のあとから香純が頼んでいたとおり、理子の母親が声をかけた、理子のクラスメート数人が親に手をひかれて姿を見せた。それは聡からのリクエストだった。

聡に言われるままに香純は、この時間に集まることのできる理子が率いる子どもたちを呼んでしまったが。本当に絵の中の子どもは、元のところへ戻ってくるのだろうか？　と、とたんに香純は不安になる。

第三者を巻きこんで話が大きくなったが、これで解決できなければ迷惑をかけてしまうからだ。だが、もうあとへは退けない状況でもあった。

「それじゃあ、しばらく子どもたちをお借りします」

　校門内まで全員を招き入れたあと、香純は打ち合わせどおりに告げて、理子を含めた八人の子どもたちを校舎内へと誘導した。そのあいだ、引率の大人たちには申しわけないが、如月が事情を説明しがてら、体育館で待機となる。

　校舎へ足を踏み入れ、絵が掛けられている廊下で待っていた高科と聡のところへと、香純は子どもたちを連れてきた。

　ここからは聡の出番となる。だが、じつのところ香純も、詳しくはどうするのかを、事前に説明されていない。

　すると聡は、持ってきていた小さめのボディバッグの中から、手のひらに乗るサイズの、白い無地の紙箱を取りだした。中を開けると、さくらんぼのように黒い小さな鈴がふたつぶらさがっているものが、十個ほど入っていた。

　のぞきこんだ香純に、聡が口を開いた。

「これは『同調の鈴』です」

「同調？」

「そう。あちらの世界とこちらの世界を共鳴させて重ねあわせる鈴なんです」

　そう言いながら、聡はひとつをつまみあげて小さく振る。鈴は、思った以上に涼やかで高い音色を放った。

　一拍置いて聡の言葉の意味を理解した香純は、とたんに蒼ざめる。

「ちょっと？　それって？　あちらの世界って、どちらの世界よ？」

ところが、聡は躊躇《ちゅうちょ》する様子も見せず、凍りついた香純の手のひらへ強引に、鈴をひとつ乗せた。

香純は怖くて、振り落としたい衝動にかられた。だが、うっかり動かして音を鳴らすほうが、もっと嫌なので我慢する。

手のひらに鈴を乗せて固まっている香純に、聡は淡々と説明を続ける。

「さすがにこういうものは、普段から俺は持っていなかったので、今回急いで送ってもらったんですよ」

「――お、送ってもらったって？　誰に？」

「こういうことに詳しい俺の従弟《いとこ》に」

そう告げた彼は、顔を伏せたまま、少し笑みを浮かべた。

視えると豪語していただけあって、聡の親戚にもそのようなことに詳しい方がいるようだ。だが、ここは、あえて深く追及しないほうがいいと、香純は判断した。

香純は、鈴がよけいな音を立てないようにと、手のひらでぎゅっと握りしめる。

そんな香純の行動を気にせず、聡はその場を離れると、物珍しげな表情となっている高科へ近寄っていった。そして、彼に鈴を手渡しながら、聡は告げる。

「大人は鈴がいるでしょうが、子どもはいらないかもしれません。でも、念のために、全員に持ってもらいます」

「精神面はいつまでも子どもの俺は、なくても視えるかもなあ」

そう言って笑い飛ばした高科のそばで、聡はしゃがみこむ。

視線を低くした状態で、彼は子どもたちへ声をかけた。

「理子！　それに集まってくれたみんなに、いまからこの鈴をつけるから、一列に並んでくれるかな」

最初に飛んできた理子の小さくてやわらかい手首に、聡は鈴の紐をゆるく結わえる。それから、並んだ子どもたちに鈴をつけていった。

全員へつけ終わると、聡は膝に両手をついて立ちあがる。そして、集まっている子どもたちに、さも特別なことであるかのようにささやいた。

「ねえ、みんな。廊下の絵から、子どもがひとり抜けだしていることは知っているよね？今日の遊びは、抜けだした子どもを絵に戻すための儀式なんだ。さあ、いまから学校内でかくれんぼをするよ。最初に俺と、こっちの――おじさんが鬼になるからね」

「おいおい。おじさんはないだろう？」

高科が、聡の隣で苦笑するような表情を浮かべた。

「六、七歳の子どもから見れば、しかたがないですね」

真面目な顔で高科へ返事をすると、聡は子どもたちへ笑みを向けた。

「隠れる場所は、学校の中だけ。外にはでないようにね。さあ、はじめるよ」

そして、手を打ち鳴らしながら「よーいどん！」と叫んだ掛け声とともに、子どもたちは歓声をあげて校内を走りだした。廊下に子どもの声が反響する。

呆気にとられて見ている香純へ、聡が振り向いた。

「香純さんは、集合場所の目印ということで、ここで待っていてください。鈴をつけているから、香純さんも子どもたちも、絵から抜けだした子どもが現れたときには視ることができますよ」

「ち、ちょっと待って？　どうしてこんなことをするの？　子どもが消えた原因と関係があるわけ？」

まだ香純は、やることがわかっていても理由がわかっていない。それに、抜けだした子どもが存在する前提で、どんどん話が進んでいることに戸惑っていた。

すると、聡は香純へ小首をかしげてみせる。

「聞いた話では、少し前からこの小学校では『子どもが抜けだす絵』が学校七不思議に加わっていたんですよね？　そして、その噂どおりのことが、いま目の前の絵には起こっているんですよ。だったら、友だちの遊びの輪の中へ入りたかったという想い――市川さんの魂が満足するまで、子どもたちと一緒に遊べば、戻ってくるような気がしませんか？　七不思議としては」

「なるほどな。遊びたかったのなら、実際に遊べばいいんだ。そりゃあ真理だな」

そばで聞いていた高科は、大きな声を立てて笑った。

「よっしゃあ。それなら俺も童心に戻って一緒にかくれんぼをやろうかねえ」

コートの腕をまくりながら、高科は歩きだす。

その隣に並びながら、聡も校舎の奥に見える上がり階段を指さした。

「俺も友人とかくれんぼをした記憶がないんですよね。なので、俺もかくれんぼに混ざらせてもらいます。あ、あちらのほうから探しましょうか」

呆気にとられて、ふたりのやり取りを見ていた香純だが、やがて、うきうきと楽しげに遠ざかるふたりの後ろ姿を、感慨深く見つめた。

「そうか。あのふたりも、友だちと遊んだ想い出が少ないって言っていたものね。わたしは小学校のころは、ふたりとは逆に、勉強よりも友だちと遊んだ記憶のほうが強いかもしれないな……」

しかし、聡だけならまだ高校生で、香純よりも年下だ。小学生とかくれんぼなんて言っていても、香純も、お姉さん然として見守る目でいられる。

だが、高科は三十を過ぎた大人だ。香純から見て、大の男が小学生に交じって遊ぶなんて、ギャップがおかしいというか、微笑ましいというか。

笑みを浮かべながら、香純は、ずっとふたりの後ろ姿を見送った。

だが。彼らの姿が見えなくなったとたんに、ハッと我に返る。

「――え？　その……。この状況は、もしかして？」

蒼ざめながら、香純はその場に凍りつく。

かすかに校舎内の前後左右上から響く、ちりんちりんとした鈴の音に囲まれながら、誰かに見られているような気配。後ろを振り返りたくても、怖くて振り向けない。

動かないのではなく動けなかった。

声をだしたくても、逆に背後から返事が返ってきたりなんてしたら、きっと気絶を免れない。そう思った香純は、心の中で叫んだ。

お願いだから。

こんな絵の近くで、わたしをひとりにしないでよ！

◇◇◇

「かすみちゃ～ん、いまからおうち？」

週明けとなる月曜日の午後。

遠くから、家の門を開けて入ろうとしていた香純を見つけた理子が、ランドセルをカタカタ響かせながら駆け寄ってきた。

香純は慌てて理子のほうを向くと、少し屈んで彼女の到着を待つ。

「そうよ。理子ちゃんも学校の帰りなんだね」

「そうなの」

そして、駆けてきたせいなのか頬を上気させながら、理子は嬉しそうに言葉を続けた。

「かすみちゃん。こないだの学校のかくれんぼ、たのしかったね」

「そ、そうね！」

顔がひきつりそうになりながらも、香純はどうにか笑顔でうなずいた。

あの日は結局、絵から抜けだしたとされる子どもは見つからなかった。だが、かくれんぼに鬼ごっこ、かごめかごめ、花いちもんめ……。校舎内で遊べそうな遊びを片っ端から体験したのだ。夜の学校という非日常の中で、子ども心に非常に面白かったはずだ。

ただ、香純としては、あの日の子どもを集めてまでした遊びが、絵にとって意味があったのかどうかわからなかった。

そう考えたとたんに、理子が言葉を続けた。

「かすみちゃん。今日、えをみにいったら、ほんとうに、えの中の子がもどってきていたのよ。よかったね」

無邪気に笑顔をみせながら報告をした理子の言葉に、その瞬間、香純は凍りついた。

――え？　戻ってきたの？

本当に、絵の中の子どもが戻っているの？

「あの、理子ちゃん。本当に、絵に子どもが戻ってきているの？」

「うん。かっこうがかわっているけれど、もどってきたの」

きらきらとした純真な瞳を香純へ向けたまま、理子はそう告げる。そして、香純へ手を振ると、自宅へぱたぱたと帰っていった。

ひとり残された香純は、俄には信じがたい状況に呆然とする。

「──うっそぉ……」


高科へ連絡を入れた香純は、そのあとすぐに小学校の校門前で会う約束をとりつける。

そして、急いで待ち合わせ場所に向かった香純は、小学校の門が見える角を曲がったとき、思わず足を止めた。高科はすでに門の前で待っていた。

下校時間が過ぎているために、門の前には、彼がひとり。いつもの黒いコートを羽織り、目深にかぶった帽子の下にはサングラス。じっとなにかを見つめているかのように身動きせず、かすかな風が、コートのすそだけをゆるやかに揺らしていた。

声をかけづらいその風情に呑まれ、香純も、じっと立ちつくす。

そんな彼女の背に、ふいに声がかけられた。

「香純さん、いつまでそうやっているつもりですか？」

どきりとした香純が焦りながら振り返ると、そこには制服姿の聡が立っていた。眼鏡の奥から、香純の心を見透かすように細めた瞳をしている。

見られていたという恥ずかしさから一気に頬を染めながらも、その心情を隠すように、香純は声をあげた。

「え？　なんでここに聡くんが……」

「高科さんに連絡をもらったので種明かしをしに。俺としてはもう少し、香純さんを怖がらせておくのもいいかと思っていたんですが」

「え？　ちょっと。それ、どういう意味？」

香純が怪訝な表情になって聞き返したとき、高科が、ふたりの気配に気づいたらしい。

遠くから高科は、口もとにニヤリとした笑みを浮かべながら手をあげた。

「お。おふたりさん、到着したな。それじゃあ、さっそく絵の前へ行こうか」

「──本当だ。子どもが増えてる……」

絵の前で、香純は呆気にとられながら見つめた。

「あ。でも、理子ちゃんが言っていたように、格好がちがうかも」

絵に近づいて目を凝らしながら、香純は、自分の八年前の記憶ではなく、最近目にしたパンフレットの写真の絵を思いだしてつぶやく。

あの写真の中の絵では、子どもは左下でこちらに背を向けて立っていた。だが、目の前の絵は、同じ後ろ姿でも、しゃがんで地面に絵を描いているようだ。

「このご時世らしい、大人の事情というやつだったのさ」

高科が、香純の横に並んで絵を眺めながら告げた。

「大人の事情？」

「そう。──事の起こりは、四月の終わりに起こった額縁の破損だ。その修理の際に、小学校の保護者からの声をとり入れたんだ」

「保護者の声って？」

そのとたんに、高科は、苦笑するような表情になる。

「学校に飾ってある絵なのに、子どもが仲間はずれになっている絵はふさわしくないんじゃないかと、入学式で絵を目にした一年生の保護者からクレームがついたそうだ。話を訊くと、少数とはいえ毎年絵に対するクレームがあるらしい。たしかに、遊びの輪に入れずにひとりで眺めている絵だと言われたら、実際そうだろう？　いまは、ちょっとのことで、なんでもすぐに文句がつくからねえ」

「はあ……」

「ところが今年に限っては、絵の落下事故が起こった。けが人がでなかったとはいえ、いっそのことそのまま絵を撤去してしまえって声があがってしまって、学校としても無下にはできなくなってしまったんだ。そこで、やむなく折衷案《せっちゅう》として、額縁の修理をして再展示はする、ただ、その際に……という話になってね。保護者のクレームに過剰に反応したような評判が立つのは、学校側としてもその保護者にも、あまり気分のいいものじゃない。だから、秘密裏に行ったのが、裏目にでてしまったたってことだな」

香純は、その内容に啞然とする。

それはつまり、額縁の修復の際に絵のほうも手を入れて、仲間はずれに見える子どもを塗りつぶしたということなのだろうか。そんなこと、してもよいのだろうか？

この絵にこめられたであろう、市川さんの想いは……？

香純のその様子に、高科はゆっくりと説明をした。

「五月の連休中に、この絵の額縁と絵の修正を行ったのは、制作者である市川公次郎さんの息子さんだ。ほら、彼も画家だと言っていただろう？　俺は市川さんの同級生に会うときに、市川さんの息子さんにも会っていたんだ。市川さんがこの絵の制作をしていたときに、もうすでに息子さんも手伝いをしていたそうだ」

「え、息子さんのほうも、制作を手伝ってたの？」

香純はちょっとびっくりする。

「そう。息子さんは、以前からクレームの話も聞いていたそうで、せっかくの父親の作品を取り外したくないと考えていた。学校側も、開校からの愛着のある絵だ。修正して展示できるのなら、馴染みのある絵を、わざわざ撤去することはない。それならばと、息子さんは額縁の修復の際に、絵の修正をして、飾り続けることに合意したんだそうだ」

「そうなんだ……」

香純は、自分の小学校時代を思いだす。たしかに、幼いころの記憶に残る、味のある絵だ。一年生のころは毎日眺めていたから、香純にとっても想い出の絵となっている。

「大人たちは、納得したうえでの修正だった。高学年は、普段通らない廊下だから、絵を目にする機会もなく、子どもが消えたことに気づかないだろう。一年生には、理由を言ってもわからないだろうと、あえて説明しなかったようだな。ところが、たまたま子どもが消えたことに気がついた一年生が、おびえて騒ぎだした。思いがけず七不思議を再現してしまったことに、大人たちは気づいていなかったわけだ。そこで、急きょ話し合いをしたんだ」

「話し合い？　それは、高科さんが？」

「そう。息子さんと俺と学校側と、でな。そしてだした結論は、子どもは元に戻そう。だが、ひとりぼっちにはせずに、遊びの輪の中へ違和感なく組み入れようということに決まってな。土曜日の小学校での遊びのあと、息子さんと俺と聡の三人で、絵を息子さんのアトリエに運びこんで、子どもを描き足したんだ」

「市川さんの息子さんと高科さん、おふたりのプロの手腕を見せていただきました。すばらしかったですよ」

聡が口をはさんだ。

それを聞いた香純は、とたんに頬をふくらませた。

「ひどい。わたしも修復作業とか見たかったなあ。なんで誘ってくれなかったのよ」

そこまで口にした香純は、別のことを思いだして、聡に食ってかかる。

「あ、ちょっと！　それじゃあ、子どもが抜けだしているとか、同調の鈴とか言って、散々わたしを怖がらせたのは、どういうわけよ！」

「それは、香純さんを怖がらせるのが、ただ単に面白かったから」

しれっと口にした聡に、香純は怒りの視線をぶつける。

そのあいだを、高科が割って入った。

「いや。香純ちゃんは子どものように素直で純真だなあと、聡と話をしていたんだ。だから、子どもたちと一緒に驚かせてやろうとしただけなんだ。悪かった！」

高科からあっさりと謝られた香純は、それ以上怒るわけにもいかなくなる。唇を尖らせながら、しかたなくうなずいた。

「もう、いいけど」

そして、香純はふいに、ある疑問を持った。

「あ。でも、なんで土曜日の夜に子どもたちを集めて、あんな遊びのイベントをしたの？　わたしを怖がらせるだけなら、そこまでする必要って、なかったよね？」

怪訝な表情で、香純は、高科と聡のふたりを見つめる。

すると聡が、妙にしんみりした口調で返事をした。

「あのイベントを企画したのは俺ですよ。たしかに、子どもたちには全校集会のときに、あらためて絵の修復をしましたっていう説明だけでもよかったのでしょうけれど。――俺は小学校時代、ほとんど友人と遊んだ記憶がないんですよね。その中で、唯一はっきりと覚えている楽しかったイベントは、地元青年団が主催した小学校内の肝試しなんですよ」

聡は、黙りこんだ香純へ向かって、少し笑みを浮かべてみせる。

「だから、ただの説明だけじゃなくて、理子たちに、あとからあんなことがあったなと思いだしてもらえるような記憶を残したかったんですよね。少し不思議で、楽しかったなという記憶。将来、七不思議で怖い思いをした記憶として残るより、自分たちが遊んだおかげで、抜けだした子どもが戻ってきたんだっていう、楽しくて不思議な想い出になったらいいなって。まあ、ちょっとした遊び心ですよ。香純さんも、意外と楽しめたでしょ？」

「それにしても、鈴を用意するなんて、そこまで凝ることなかったのに」

少し不満そうな顔になって、香純は口を開くと、聡は、あっさりと告げた。

「ああ。あの鈴は、安全のためですよ。たとえ、かくれんぼなどで探しだせなくても、音を頼りに探せますし、校外にでていないかなど、子どもたちの動きを把握する手がかりになりますから」

理由を聞けば、なんてこともない。

香純は、大きな息をつく。そして、改めて絵を見つめなおした。

絵を見つめながら、香純は、たぶんもう市川さんは抜けだす必要がなくなっただろうなと考える。


楽しそうに子どもたちが遊ぶ様子を描かれた絵。

その下のほうで背を向け、地面に絵を描いていた子どもたちの中にまざり、しゃがんで同じように絵を描く子どもの姿となって、市川さんは絵に戻っている。

雀の止まり木、馬の杭。

子どもの姿の市川さんが抜けださないように絵の中へ引きとめるのは、きっと絵の中で一緒に遊ぶようになった友だちなのだろう。

絵の中の市川さんの後ろ姿は、香純には、とても楽しそうに映った。

第四話

ファム・ド・レーヴ

～憧れの女性～

「こうして待ち合わせをしないと、同じ大学に通っていても、なかなか会わないよね」

「だよね。これからもときどき、一緒にランチしようよ」

大学内の、ちょっとオシャレなカフェテリアの丸テーブルで、香純と桃花はサンドウィッチをつまんでいる。大学の絵画展で再会してからはじめて、連絡を取りあってのランチとなる。

高校時代のお互いに見知った友人の最近の情報を、ひととおり話題にした。

そして、ちょっと会話が途切れたとき、ふと、桃花が思いだしたように口を開いた。

「そうそう、同じ講義を受けている友だちのおばあさんが、最近亡くなったらしいのよ。そのおばあさんの遺品で、絵やスケッチブックがあるんだって」

「へえ。その友だちって、桃ちゃんと同じ美術科なのね」

「そうなの」

「それじゃあ、その彼女は、おばあさんが絵を描いていたのを見て育ったから、自然と絵が好きで美術科に進んだ感じかな？」

「でも、おばあさんは絵を観るのは好きだったらしいけれど、描かない人だったみたいで。だったら、その絵やスケッチブックはいったい誰が描いた絵だろうってことになっているらしくて」

「おばあさんが、お店で選んで買ってきたんじゃないの？」

「それだったら、スケッチブックって変でしょう？　それに」

桃花は、香純のほうへ身を乗りだすと、内緒話をするように顔を寄せた。

「なんでも、彼女のおばあさんは名家の出で、若いころは当たり前のようにフランスに行って、画家志望の若い人たちの支援をしていたんだって。そのころにもらった絵じゃないかなって言ってた」

「そんな訳ありだったら、鑑定してもらったらいいのに。もしかしたら、すっごいお宝かもよ？」

「それは、そうなんだけれど。ほら、そこの駅前にあるブランド品のディスカウントショップの無料鑑定じゃないんだし、専門の目で美術品を鑑定してもらうには、鑑定料がかかるのよ。有名な絵って可能性があるならともかく、わざわざお金をだしてまで調べてもらうほどじゃないって思っているみたい」

そこまで聞いた香純は、ピンと閃《ひらめ》いた。

「だったら高科さんに頼んじゃえばいいわよ」

「え？　このあいだの絵画展にきた人だよね。でも、結局プロに頼むんだから高いんじゃない？」

「大丈夫だって。知らない仲じゃないんだし、きっと割引価格で引き受けてくれるわよ。それに掘りだしものだったら、きっと高科さんも仕事が増えてラッキーよ」

「でも、いいのかなあ。その友だちは喜ぶと思うけれど」

「もちろん！　さっそく連絡してみるよ」

その場の勢いで、香純はどんと胸を叩いてみせた。

◇◇◇

「それで、俺にお声がかかったわけか。香純ちゃん、なんでもかんでも引き受けてくるなよな」

「どうしてよ。価値のある絵だったら、高科さんが引きとればいいんだし」

駅から出て人通りのない住宅街をゆっくりと進みながら、香純は、桃花から教えてもらった友人宅の住所の紙をひらひらさせた。

相変わらず薄手の黒いコートを羽織り、目深にかぶった帽子の下にはサングラス。そして今日は、黒いカバンを肩からかけた高科が、香純の隣で飄々と歩いている。

「その絵がほしい人を捜して取り引きすれば、絵にとってもいいと思うんだけど？」

「俺は、転売目的のブローカーじゃないんだから。基本は、絵をほしいと思っている依頼人にふさわしい一点を選び渡すという、センスが問われる仕事をしているつもりなんだからな。でもまあ今回は、真贋の見極めというよりは、絵画自体に価値があるかどうかだ。美術的価値があったら埋もれさせるわけにもいかないと思ったから、香純ちゃんに協力するが」

しかめっ面をしてみせる高科の視線から逃れるように、香純はくるりと、背後をついてくる聡へ振り返った。

「それはそうと、なんで聡くんもついてきているのよ」

「香純さんが言ったんじゃないですか。お宝発掘なんですよね？　その現場に立ち会えたら面白いじゃないですか」

「大人数でお邪魔したら、先方に迷惑でしょ」

「発掘方法によっては、人手が多いほうがいいかもですよ。ほら、香純さん。ちゃんと住所を確認してください。そこの家じゃないんですか？」

しれっと香純の言葉を聞きながし、聡は前方の一戸建てを指さした。

その門の前で、三人は足を止める。周りと似たような造りの二階建てで、ちょっとした花壇を楽しめそうな小さな庭付きの家だった。香純が、門柱の表札をたしかめる。

「吉田《よしだ》さん……と、うん、ここだな」

そうつぶやきながら、高科がインターホンを押す。

すぐに玄関が開いた。姿を見せたのは、この家の主人であろう五十代と思しき男性だ。ちょっと強面《こわもて》で、体格もがっしりとしている。その後ろに、奥さんであろう人のよさそうな丸顔の女性も顔をのぞかせた。

「娘から、話を聞いています。わざわざご足労いただきましてありがとうございます。どうぞよろしくお願いします。こちらは家内と、大学生の娘の里奈《りな》です」

そう言った吉田氏は、ちょっと戸惑ったような表情をしてみせる。

たぶん、高科の見た目に面食らっているのだろうと、香純は出会ったころの自分を思いだした。名刺をだす高科の後ろで、こっそり苦笑いを浮かべてしまう。

「観てもらいたい絵画というのは、僕の母が若いころ、道楽で集めていたものの一部なんですよ」

説明をしながら、吉田氏は高科を奥の部屋へ案内する。そのあとを、香純は聡とついていった。途中で母親の姿が見えなくなったが、里奈が香純の後ろからついてきたので、なれなれしくも声をかける。

「桃ちゃんから聞いていると思うけど、同じ大学の文学部の佐久良香純です。今日はよろしくね」

香純がニコッと笑うと、里奈からも、笑みとともに会釈を返される。

前髪を短くカットしたショートボブの、えくぼが可愛らしい女の子だ。

スキッパー・カラーのすっきりとしたデザインの白シャツに、ボーイズデニムを合わせており、とても似合っている。

すると、里奈から香純へと視線を走らせた聡が、ぼそっと耳打ちをした。

「美術科というだけでセンスがちがうのでしょうか。スキッパーシャツって鎖骨がきれいに見せられるので、女子力が高いですね。香純さんも勉強しなきゃ」

そう言われて、香純は、丸首のTシャツにロングスカートという自分のいでたちを見おろした。

「聡くん、それセクハラ」

里奈の耳に入らないように声を思いきりひそめ、ずいっと香純は、廊下の壁際まで聡を追いつめる。

「うわ、香純さん。目が笑っていませんね」

「本気で怒っているからよ！」

「おふたり、仲がいいんですね」

会話が聞こえているのかいないのか、あははと、里奈は笑い声を立てる。

そのあいだに、すっかり三人は吉田氏と高料に置いていかれていた。

里奈の案内で、香純たちは祖母の部屋へ足を踏み入れた。

そこは一階の奥の、日当たりのよい南部屋だった。和室の六畳で、二間分の押し入れがある。背の低い簞笥《たんす》がひとつ置かれ、ふたつの額縁が壁にかけられていた。

下半分がガラスとなった雪見障子は、大きく左右に開けられている。狭い板の間をはさんだオープンウィンの窓も開け放たれていて、小さな庭を眺められる縁側が見えた。

真っ先に香純は、窓へと近寄っていく。

「あー、いい眺め！」

「香純さん、能天気ですね」

「えー、いいじゃない」

呆れた顔の聡に、香純は唇を尖らせてみせる。

涼しげな風を感じている香純の後ろで、吉田氏が壁に掛けられている絵画へと、高科を案内していた。一作は街並みが描かれた風景画で、もう一作は椅子に腰かけた横顔の女性が、はっきりとした輪郭で描かれていた。

「じつはもっとたくさんの絵があったのですが、父の代のころにバブル崩壊で工場経営が厳しくなって、そのときに母の提案で、価値のある絵を処分してしまったんですよ。そのおかげでどうにか乗り切れたのですが、そのあとすぐ父が他界し、僕が会社を引き継ぎました。いま残っているのは、母のお気に入りだった壁掛けの絵画が二点と、練習帳のようなスケッチブックだけで」

「なるほど、二十年ほど前に、ほとんど手放されたんですね。あらかじめお聞きしていた話だと、おばあさまはフランスまで足を運ばれていた蒐集家《しゅうしゅうか》だったようですが。その手放された作品のリストなど、残しておられますか？」

顎をなでながら壁の絵をジッと見つめていた高科が、口を開く。

「あ、リストならあります。探してくるのでお待ちください」

「お願いします。あと、この絵の額縁をはずしてもいいですか？　隠れているところまで確認をしたいのですが。それと、作業記録をデータで残すため、カメラで画像を撮らせてもらっていいですか？」

「ああ、もちろん大丈夫です」

吉田氏の了承を得てから、高科は、窓と押し入れから離れた陽の届かない場所へと移動する。そして、畳の上へ、カバンから取りだした作業用の大きな布を広げた。

「高科さん、手伝います」

聡が気を利かせて高科のそばへ寄っていく。

慌てて香純も声をあげた。

「あ、わたしも手伝いたい」

「香純ちゃんは、そうだなあ。こちらはいいから、里奈さんからなにか情報になりそうなことを聞いてもらえるかな」

高科は、そう告げてニッと笑みを浮かべてみせる。聡も大きくうなずいた。

「え〜。そりゃあ、わたしは見てもわかんないけれどさあ……」

不満そうな顔をして見せながら、香純は里奈に、ひどいよねえと同意を求める。

高科と聡は白い手袋をはめると、壁から絵画をはずして、布の上に置いた。

「聡、画像よろしく」

「了解です」

受け取ったデジタルカメラで、聡は絵画の全体を撮る。そのあとで、高科は、するりと額縁をなでた。

「両方とも八号サイズか。風景画と女性の肖像、どちらも同じ画家の油彩画だな。額縁は木製で……。やっぱり塗装や加工を施している油彩用の本縁《ほんぶち》じゃなくて、デッサン用の組《くみ》縁《ぶち》だな」

「絵と額縁が揃っていないってことは、市場購入ではない可能性が高いですね」

「完成した絵を額縁におさめず、そのまま画家から譲り受けたかな。最初に手にした人物が、ひとまず手近にあった額縁におさめたのかもしれん」

丁寧に額縁から絵画をはずした高科は、慎重に表面と裏を確認する。

「手掛かりになるサインも目印もない。ほかの絵画があったときはどうかわからんが、この二十年間の保管状態は、問題がなさそうだな。絵画に適した空間は人間と同じで、自宅に飾られる絵画は、気温も湿度も、人間が気持ちいいと感じる環境が最適だ。壁に掛けっぱなしだが、窓からの紫外線も届いていないし風通しもいい。それらを考慮した油絵の具とリンネル素材のキャンバスの状態から、――制作されて五十年前後かな」

カメラで細部の記録を残しながら、聡も高科の手もとをのぞきこむ。

「こちらの絵画の女性って、雰囲気や筆のタッチから、フランソワ・ジェラールの『レカミエ夫人の肖像』を彷彿させませんか？」

「え？　じゃあ、そのジェラールって人の絵なんじゃ……？」

思わず口をはさんだ香純に、高科は笑いながら答えた。

「いや、香純ちゃん。ジェラールは二百年くらい前の画家で、もう亡くなってるよ」

「え～。そうなんだ。残念……」

高科の言葉に、香純は落胆したような声となる。

「ジェラールの描いたレカミエ夫人に似ているんですけれど、こちらの絵の女性は、もうちょっと横向きで、服装など健康的ですね」

「肌の質感は似ているな。だが、俺は『レカミエ夫人の肖像』であれば、断然ダヴィッドだな。とても官能的で艶めかしい」

「ち、ちょっと、なんの話よ！　誰よ、それ」

里奈の目を気にして、ふたたび香純は男ふたりの話に割って入る。

それに、いまの話では、ひとりの女性の絵を複数の画家が描いているように聞こえた。

そうすると、そのモデルは、神話や宗教の登場人物や映画の女優のような、有名な女性なのだろうかと思い、香純はそう口にした。

高科が、香純のほうへ顔をあげる。

「どちらかといえば、知る人ぞ知るという感じだな。パリの社交界で名を馳せた女性だ」

「彼女の周りの人間のほうが、知名度がありますね。ナポレオンが言いよったとされる女性だから」

「え？　そうなんだ」

さすがに香純でも、ナポレオンの名前は知っている。

へえ〜と、瞳をキラキラさせた香純へ、高科が苦笑を浮かべながら言葉を続けた。

「歴史上もっとも美しい女性とされるレカミエ夫人は、当時の流行の先端にいて、彼女のサロンはパリ社交界でも人気が高かったそうだ。彼女をモデルとした絵画を、ナポレオンはお抱え画家であるダヴィッドに描かせ、プレゼントすることで彼女の気を惹こうとした。だが、彼女に気にいってもらえず断られたため、絵画も未完成に終わってしまうんだ」

「ダヴィッドは、大作『ナポレオンの戴冠式』を描いた画家なので、香純さんもどこかで観ているでしょうね」

「あ、その絵は知ってる！　ナポレオンが奥さんに、冠を乗せる場面の絵よね」

「そうです、その絵。でも、あそこに描かれた妃は二十歳くらい若くしたうえに、ダヴィッドの娘がモデルをしたらしいですけれど」

「え、そうなんだ……。なんだ、本当の奥さんを描いたわけじゃないのね」

香純は、ちょっと拍子抜けしたような顔になる。

高科は、手もとの絵画へ視線を戻しながらつぶやいた。

「レカミエ夫人は、政治家でも女優でもなく、なにも肩書きを持たない女性だった。だが、こうして歴史に名前を残している。なんとも不思議な女性ではあるな……」

そして、ふたりは作業を再開する。

しばらく高科とともに絵画を眺めていた聡は、思ったことを口にした。

「モデルの身元はわかりませんが、顔立ちは日本人という感じですね。でも、こちらの風景画の描かれた場所は、石畳や建物からして日本じゃない。場所がフランスだとすると、黒い屋根が、レンヌの旧市街っぽいかな……」

「そのモデルは、初子《はつこ》おばあちゃんよ」

ふいに里奈が、おずおずとした声をはさんだ。

声をかけるタイミングを、ずっとはかっていたらしい。

高科と聡のふたりから同時に視線を向けられた里奈は、真っ赤になりながら、焦ったように言葉を続けた。

「その絵のモデルをしたときのことも、おばあちゃんの想い出話で聞いたことがあるから」

「ああ、きみのおばあさまがモデルか」

「そう言われてみると、絵画の女性と、その孫になる里奈さん、なんとなく面影があるかもですね」

高科と聡はうなずく。

「となると、おばあさまがモデルとなり、完成した絵画は、そのまま画家の手からおばあさまが譲り受けた感じかな。そのとき、画家のことは、なにか聞いていないかな？」

高科がそう問いかけると、思いだしたように、里奈は押し入れの戸を開けた。

「描いた人の名前は、聞いたことがなくって。その絵だけじゃなくて、いろんな人に描いてもらっていたみたいだから……。でも、そういえば、スケッチブックもいくつかあったの。こっちにも、鉛筆の練習描きだけれど、おばあちゃんがけっこう描かれているのよ」

押し入れの下に、衣装箱のような大きな木箱が置かれていた。そばにいた香純も手伝って、里奈と引っぱりだす。

ふたを開けると、すぐだせる位置に、十冊ほどのスケッチブックが乗せられてあった。

その一冊を取りだすと、里奈は最初のページを開く。

「ほら、その絵と同じような感じで、何枚も描いているのよ」

「どれどれ」

高科と聡も寄ってきて、スケッチブックをのぞきこんだ。

「ああ。特徴も、あの額縁の絵とよく似ているな」

「これは同じ画家ですね。このスケッチブックにも、名前は書かれていないんですか？」

「全部見たことがあるけれど、どこにも文字はないわ。あと、おばあちゃんだけじゃなくて、手や足の部分だけを描いたり、木や建物ばかり描いているページもあるのよ」

「なるほどね……」

高科と聡が、十冊ほどのスケッチブックを預かって広い場所へと移動する。そして、なにか情報はないかと、じっくりと眺めだした。

その様子を見ながら、里奈は言葉を続けた。

「片方は若いころのおばあちゃんをモデルにしているし、どちらもサインがないし。これは無名の画家だろうから、売っても二束三文だろうって二十年前の鑑定士さんにも言われたそうよ。だから、価値があるとは全然考えていなくて。――けれど、おばあちゃんは、この絵をとっても気に入っていたのよ」

スケッチブックを真剣に眺めるふたりを見ていて、手持無沙汰になったのだろう。里奈は、さらに押し入れの奥から、段ボール箱を引っぱりだした。

こちらも暇そうに眺めていた香純は、段ボール箱に興味を持つ。

「え？　なになに？　そっちにもスケッチブックが入ってるの？」

「こっちの箱は、初子おばあちゃんのアルバムなんです」

そう言いながら、里奈は嬉しそうな表情で、昔ながらの表紙が分厚い大きなアルバムをいくつか取りだした。

足を伸ばして畳に座り、その膝の上で、よいしょとアルバムを広げる。

香純も並んで座ると、横から里奈の手もとをのぞきこみ、歓声をあげた。

「あ、白黒写真だ。このころの写真のおばあちゃん、里奈さんにそっくり！　わたしたちと同じくらいの年かな？　白黒写真のせいか、あのカラーの絵とは、なんとなく似てるって感じだよね。あ、すごーい！　この写真、まさしくパリだよね。後ろにエッフェル塔が写ってるもの。いいなぁ。わたし、海外旅行にも行ったことがないよ」

「初子おばあちゃんは実家が裕福だったらしくて、若いころには何度も行っていたんだって。絵が好きだから美術館巡りをしたり、目をかけていた何人かの画家のタマゴのパトロンにもなっていたって聞いたのよ」

「パ、パトロン？」

つい、香純は言葉に詰まる。

え？　パトロンって、あれだよね？　マンションを買ってあげたり、お店を持たせてあげたりっていう……？

急に香純が黙りこんだので、察したのだろう。黙々とスケッチブックを見ていた聡が無感情に声をだす。

「香純さん、パトロンって言葉を勘違いしないでくださいね。芸術におけるパトロンは、将来有望な芸術家が心置きなく制作活動を行うために、王や資産家が支援をするという、歴史上由緒あるスポンサー制度なんですから」

「わ、わかってる！　知ってるわよ！　それくらい」

慌ててそういった香純は、唇を尖らせて聡を睨みつける。

そして、すぐに写真へ視線を戻した。

いま、里奈が見つめている写真は、複数の人たちに囲まれて楽しそうな祖母の姿だ。周りにはイーゼルにかけられたキャンバスが置かれ、祖母に寄り添った者の手には、絵筆が握られている。祖母が期待をかけ、応えるように作品を描く画家たちの顔は、誰もが笑顔だ。その一枚の白黒の写真から、鮮やかなパワーが感じられた。

「初子おばあちゃん、ときどきスケッチブックを開いては、その画家のタマゴだった人たちの想い出話を楽しそうにしてくれたの」

写真を見つめていた里奈は、フッと視線をあげると、懐かしそうに瞳を細めた。

「わたしは会ったこともない人たちだし、彼らのほとんどは、厳しい画家の世界では芽がでなかったのだろうけれど。画家のタマゴの人たちとの交流や、おばあちゃんの想い出話がとってもすてきで、わたしもそんな気持ちになってみたいって思ったから、絵や芸術の歴史を学べる学科に進んだんだけれど……」

里奈は、ふいに寂しげな表情となった。

「でも、はっきり言って、いまのわたしの家って、そんなに余裕がないんです。お父さんの工場もぎりぎりで、美術科に通うだけで精一杯。留学なんてできないなあ。おばあちゃんの過ごした街で、おばあちゃんが感じた同じ空気の中で、絵の勉強をしてみたかったんだけれど……」

「そうかあ……」

将来、もっと学びたいことを視野に入れて語る里奈に対して、なにも将来の夢を描いていない香純は、なんのアドバイスも浮かんでこない。

ふたりで小さなため息をつく。すると。

突然、高科が香純の背後から写真をのぞきこんだ。

「おばあちゃんの若かりしころの写真だって？　どれどれ」

「びっくりした！　急に後ろから驚かさないでよ！」

「悪い悪い。って、香純ちゃん、くつろぎ過ぎだって」

そう軽口をたたきながら、高科は目を細め、じっと写真に見入った。その様子に、聡が怪訝な表情となる。

「高科さん？　どうかしたんですか？」

「いやいや、ハイカラで美人。そのうえナイスバディでいらっしゃる。おばあさまは、パリでもモテましたでしょうな。それこそレカミエ夫人のように」

「もう！　なにを考えてるのよ、高科さんってば！」

キッと上目づかいで睨むように、香純は高科を仰ぎ見た。

すると、聡が追い打ちをかける。

「いえいえ、そこは重要なところですよ。女子力の足りない香純さんは、見習うべきところです」

「ちょっと、なによ、もう！　ふたり揃って意地が悪いんだから！」

里奈も一緒になって楽しそうな笑い声をあげたとき、ちょうど吉田氏が戻ってきた。

「作品リストを見つけてきました。家内がお茶を淹れましたので、区切りがついたら応接間へいらっしゃってください」

◇◇◇

額縁におさめた絵画をもとどおりに壁に掛け、押し入れにスケッチブックとアルバムを片付けたあと、香純たちは応接間へ向かった。

高科は吉田氏から、二十年前に絵画を手放した際に作られたリストを受け取る。ざっと目を通して、高科はうなずいた。

「二十年前にこちらへこられた鑑定士は、松重《まつしげ》さんか」

「え？　高科さんの知ってる人？」

「ああ、昔からの知り合いで、観る目を持っている方だ。こりゃリストに関しては、問題はないな……」

　高科は真剣に見ているせいか、香純の言葉に、半ばうわの空で返事をする。

「ああ。これはいい絵が揃っていたな。蒐集家としておばあさまも、優れた目を持っていらっしゃったようだ」

「それでは、あの壁の絵も？」

　もしかしたらという表情となった吉田氏が、期待をこめて聞いてくる。

　高科は、ゆっくり横に首を振った。

「残念ですが、前回の鑑定士の松重さんと同じ結果で、残されている作品に値はつけられませんね。壁の絵画にもスケッチブックにも、画家を決定づけるサインや手掛かりがありませんでした。おばあさまの知人が描き、市場にださずに、モデルをされたおばあさまへ記念として手渡された作品でしょう」

　高科の言葉に、吉田氏はちょっと落胆したような顔となりつつも、そうだろうなとうなずいた。

　そんな父親の背に手を添えた里奈が、晴れやかな笑顔を浮かべて口を開く。

「もともと、絵やスケッチブックに価値があると思っていなかったから。これですっきりしたよね。お父さん」

「そうね。おばあちゃんの想い出を懐かしむ時間が持てただけで、よかったわ」

皆のお茶のおかわりを淹れながら、奥さんもそう言って微笑んだ。

つられるように、吉田氏も破顔する。

「そうだな。これらの絵画やスケッチブックは、想い出として大切に飾っておこう」

そんな和気あいあいとした様子に、香純は、これでよかったんだなという、ふんわりとした想いを味わった。

今回は、お宝発見というわけにはいかなかったけれど。居心地のよいおばあちゃんの過ごしていた部屋にいたら、みんなの想いが感じられた。

おばあちゃんが昔に出会った人たちにも、こうして一緒に暮らしていた家族の人たちにも、みんなに愛されていたんだなあってことが、あの絵が飾られた部屋から伝わってくる。

息子夫婦からも孫からも見守られて。

彼女から恩恵を受けた画家たちからも見守られて。

きっとすてきな人生だったのではないだろうか。

「ただ、いまは値がつけられない絵画なのですが、この傾向の作品を希望されるクライアントが現れたら、ご紹介することもできますが。いかがでしょう？」

ふいに高科が思案するような表情となって、口を開いた。

それを聞いた香純は、そういえばお宝発掘でお願いしたが、もともと彼の仕事はバイヤーだったと思いだす。この場で仕事をはじめるのは当然だろう。

「でも、あの絵は、おばあちゃんの想い出だし……。わざわざ値をつけて、手放したいわけじゃないから……」

絵画が手もとから離れることを想像して、寂しくなったのだろうか。

目を伏せて躊躇する里奈に、吉田氏が同意する。

「里奈は、おばあちゃんっ子だったからなあ」

高科も、里奈の様子を見つめながらうなずいた。

「そうですね。愛着のある想い出の絵画ですから、それがいいかもしれませんね」

吉田家をあとにして駅へ向かいながら、香純は残念そうに口を開いた。

「お宝発見とはいかなかったね。やっぱり、そう簡単に名画が見つかるわけないよね」

「想い出話もできて、家族の絆が深まって。あの家族にとって、それが宝物を発見したようなものじゃないんですか？」

「なによ聡くん。ひとりでカッコつけちゃって」

「見たままの事実を言っているんですよ。香純さんこそ、情緒がないですよ」

「うわ、なに、生意気！」

並んで歩きながら、香純は聡を小突く。そのふたりの後ろをついて歩きながら、高科は黙ってカメラにおさまった画像を確認していた。

◇◇◇

数日後。高科から香純のところへ、吉田邸で集合と連絡があった。

香純と聡はご近所なので誘いあって、前回と同じように一緒に電車で移動する。今日の高科は、寄るところがあるからと、吉田邸で待ち合わせとなった。

駅からでて道を歩きながら、香純は訝《いぶか》しそうに首をひねる。

「連絡があったってことは、あの絵がほしいっていうクライアントが現れたってことかな。あのとき、想い出の絵だから、クライアントは探さないことになったと思ったんだけど」

「そうでしょうね。香純さんが持ってきた話ですし、知らないあいだに吉田さんと話をまとめたりしたら、香純さんはきっとあとで文句を言うでしょうから。あらかじめ気を利かせて連絡をくれたんじゃないですか」

「そうなのかなあ……」

一度歩いた道なので、香純は住所を確認せずに前を向いて歩く。

すると、聡がいかにもなにか言いたげに、隣を歩く香純の頭からつま先まで視線を走らせてきた。

「なによ。なにか言いたいことでもあるの？」

「いや、別に。里奈さんのファッションを意識したのかなと」

「そんなことないわよ。もともと家にあった服を着ただけです！」

「ふぅん」

「ほら、聡くん。遅刻はだめよ！」

あのあとすぐに、スキッパーブラウスを買いに行ったことなんて、この生意気な年下には絶対にばれたくない。

香純は、足早に目的地へと急いだ。


家の前に、高科の姿はなかった。先に家の中へ通されているのかと思った香純は、インターホンを押す。

玄関から顔をのぞかせたのは、里奈だった。

「あ、香純さん、聡くんも、いらっしゃいませ」

「こんにちは」

笑顔で挨拶をする香純の前へ、門扉を開けに里奈がでてくる。ふわりとした白いドレープデザインのチュニックと、細身のデニム姿だ。

「ちょっと早くついちゃって。高科さんは、もう来ているのかな？」

「いいえ。まだ来られていないけれど」

「あ、そうなんだ？　里奈さんが出迎えてくれたから、てっきりもう高科さんが来ていて、里奈さんのお父さんと話をしているからかなって思ったんだけれど」

「わたしが一番玄関に近かったから」

そう言葉を続けながら、里奈は、門の外まででてくる。

「お父さんへ連絡がきたってことは、絵がほしい人が現れたってことかしら」

「わたしも高科さんから、詳しく聞いてないんだけど」

「初子おばあちゃんの想い出が詰まった絵だもの。もしそうだったら、大切に扱ってくれる人がいいな」

「そうだよね」

香純と里奈が話をしていると、道路の向こう側から走ってくる車が見えた。丸みのある黄色いボディには見覚えがある。高科の運転する車にちがいない。

車はやがて、香純たちから少し離れたところで停まる。

高科がおりてくるものと思って待っていると、ふいに後部座席のドアが開いた。背の高い大柄な男が、ヌッと姿を見せる。

年齢は六十を超えているくらいだろうか。広く秀でた額の下に温和そうな青い瞳、頭部と口の周りの髭は焦げ茶色で、黒いカジュアルなジャケット姿だ。

予想外の男の出現に、香純は無意識に小首をかしげてしまう。

すると、いきなり男は大きな声で叫んだ。

「ハツコ！」

そして、そのまま両手を広げてずんずんと寄ってきたではないか。

「え？　なに？　誰？」

慌てて香純は、あとずさる。

だが、そんな彼女の様子など眼中にないかのように、男は、そのまま里奈に抱きついた。

よほど嬉しいのか、踊るように体を揺する。

「え？　なに？　里奈さんが困っているじゃない？　誰ですか、あなた！」

里奈は状況がわからず、困惑した表情でされるがままだ。

ようやく香純は我に返ると、里奈と男を引きはがしにかかった。

「ちょっと、聡くん！　ぼんやり見ていないで！」

「でも、その方、外国の方ですよね？　ハグは、もしかして挨拶ではありませんか？　それに、彼女のおばあさんの名前を呼びましたよね？」

そう聡が香純へ告げたとき、高科の大きな笑い声が響いた。

香純が車のほうへ振り向くと、運転席からおりた高科が車の屋根に左腕を乗せ、面白そうに眺めている。その後ろで、背広姿の初老の男性がひとり、車から姿を見せた。

里奈を無事に引きはがしたころ、騒ぎでてきた吉田氏へ向かって、初老の男性が進みでて、自己紹介をした。『ギャラリー大賀崎《おおがさき》』という画廊のオーナーである彼は、積極的に海外の画家と契約をしているらしい。

大賀崎は、里奈に抱きつき足りないとばかりのジェスチャーをしてみせるフランス人を紹介した。

「彼は、ピエール＝ルルージュです。彼の母国となるフランスで活躍中の人気画家です。

このたびは、そちらに保存されている絵画を、ぜひ観たいと来日されました」

その言葉に、香純は軽く驚いた。

「海外からクライアントを呼ぶなんて、高科さんって、思っていた以上に顔が広いんだ」

そんな香純の隣で、聡が目を見開いている。

「ピエール＝ルルージュ、知ってる！　そうか、この人が……」

「え？　知っているの？　誰？」

「フランスの有名な画家です。八〇年代後半から、パリの風景や女性を色鮮やかに描いて人気が高いんです。題材をパリに限定しているため、日本では本国ほどブレイクしていませんけれど」

眼をキラキラさせてピエールを見る聡に、香純もつられて有名人を見る目に変わった。


初子のフランス時代の知り合いだと告げた彼は、仏間に通される。初子の仏壇の前で手を合わせたピエールは、それまでの陽気な様子から一変、その場で突っ伏し、声をあげて泣いた。

涙をまじえて語りかけるピエールのその言葉は、香純にはわからない。もしかしたら優しい目を向けてくる遺影に、いままで会いにこられなかった謝罪だろうか。それともこれまでのことを懐かしく報告する言葉だろうか。そのどちらだとしても、見つめる香純にも、なぜか胸につまるものを感じられて視界を潤ませた。

やがて、気持ちが落ちついたのか、彼は大賀崎を通して絵を観たいと告げてきた。

そのとき、香純の隣にいた聡が、彼にしては珍しく大きな声をあげた。

「——あ！　ああ、そうか……」

「ちょっと、なによ？　びっくりするじゃない」

香純が不審そうに見たが、聡はその言葉に耳を貸さずに考えこんだ。

「高科さんは、どこで気づいたんだろう……」

そうつぶやくと、聡は、ちょっと悔しそうに高科へ視線を向ける。

ピエールが、またなにかを大賀崎に語りかけ、それを大賀崎が通訳した。

「この家に私の描いた絵があると聞いて、やってきました、と彼は言っています」

その言葉に、高科と聡を除いた全員が目を瞠った。


和室へ案内されたピエールは、壁に掛けられた絵を観るなり、興奮したようにしゃべりだした。

フランス語がさっぱりの香純や吉田氏に、大賀崎がピエールの言葉を通訳する。

「ピエールは、二作ともまちがいなく自分が十代の後半、画学生のころに描いた作品だと言っております」

ようやく里奈が、一番たしかめたかったことを言葉にする。

「それじゃあ、初子おばあちゃんをモデルに描いたのも、あのスケッチブックも、全部あなたなのですね」

通訳されると、ピエールも照れたような笑みとなって里奈の両手を握った。

握手した手を大きく上下に振りながら、早口で言葉を繰りだし、それを大賀崎が伝えてくれる。

「お孫さんと知らずに失礼なことをしました。おばあさまのお若いころに、あなたはとても似ていらっしゃる。あのころの彼女が、時間を超えて目の前に現れた、と思ったそうです」

ピエールは絵が掛けられた壁から距離をとり、懐かしそうな目となって、絵を正面から眺めるように畳の上に腰をおろす。香純たちも、つられて座った。

香純が思いついて、里奈と聡とともに、押し入れの衣装箱からスケッチブックを引っぱりだすと、ピエールの前に置いた。

一番上のスケッチブックを開いたピエールは、先ほどまでの興奮が嘘のように黙りこみ、青い瞳を潤ませる。そして、大賀崎の通訳を介して、しみじみとした口調で語りだした。

◇◇◇

私が十代半ばで学校に通いながら画家を目指していたころ、ひと回り年上の彼女と出会いました。

彼女は、私の才能を信じてパトロンとなってくれました。私だけではなく、当時は夢を追いかける何名もの画家のタマゴに、彼女は惜しみなく支援をしてくれました。

美しく気立てがよく、清純である彼女は、私たち画家の憧れでした。

見返りを求めず、自身の素性を秘密にしていた彼女は、私がようやく画家として認められたころに、帰国しなければならない事情ができてしまいました。

帰国した彼女とは、そのまま連絡が途絶えてしまい、今回こうして連絡をもらうまで、彼女が亡くなったことも知らなかったのです……。

◇◇◇

「初子おばあちゃんが帰国をしなければならなかった事情というのは、たぶん、おじいちゃんとの結婚が近づいていたからだと思います」

畳の上に足を崩して座り、ピエールの話に耳をかたむけていた里奈が、ポツリと言った。

「あのとき日本へ戻らずに大好きなパリの街と絵画に埋もれていたらどうなっていたかなって、おばあちゃん、わたしに冗談めかして話してくれたことがあるから」

里奈の言葉を受けた吉田氏が続けた。

「母は良家の次女で、当時は工場を大きくしていた父との政略結婚だったと聞いています。あまり乗り気ではない母を日本へ呼び戻しての結婚だったと」

それぞれが思いを馳せ、部屋に静寂がおとずれる。

するると、軽く咳払いをした大賀崎が、口火を切った。

「そちらの高科さんより情報をいただいた私は、初子さんと作品に心当たりがあるかどうかをピエールに確認いたしました。私からの連絡を受けたピエールは、パトロンでありモデルをされた初子さんの墓参のために来日したのです」

するると、その言葉に続けるように、ピエールが口を開く。

「いまの自分があるのは、初子さんのおかげです。もう一度会ってお礼を言いたかった。どうだろう？　壁の絵とスケッチブックは、皆さんにとって初子さんの想い出だろうが、私に引きとらせてもらえないだろうか。もちろん充分なお礼はいたします」

大賀崎の通訳でピエールの申し出を聞いた里奈が、迷っているような表情を浮かべて返事をした。

「わたしたち家族にとって、大切なおばあちゃんの想い出だけれど。ピエールさんにとっても、想い出の作品だものね……」

「だったら、壁の絵は二枚あるんだから、一作ずつ持てばいいと思うんだけどなあ」

無意識に、香純は声にだしていた。

その思いつきは止まらず、続けて言葉になる。

「それに、そうよ。ほら、ピエールさんに絵を譲れば、里奈さんの夢だった、絵の勉強のパリ留学費用ができるんじゃないかな」

ポロリと口にした香純へ、聡がため息まじりに呆れた顔をして見せる。

「香純さん、情緒がなさすぎ」

だが、香純の言葉を大賀崎がピエールへ通訳したとたんに、彼は立ちあがった。

大げさなくらいにテンション高く両手を掲げると、その考えに乗ったことを告げる。

「里奈さんは、留学を希望されているのですか？　パリに絵の勉強に行かれるんですか！　ならば、ぜひこの絵画を一作、買いもどさせてください。それを資金に、里奈さんがパリに留学に来られたら、初子さんにお世話になった以上に、今度は私が力になりたい！」

これ以上のよい思いつきが浮かばないとばかりに、ピエールは満面の笑みで里奈と香純へ握手を求めた。

初子がモデルになった絵画を引き渡すことになると、続けてビジネスとばかりに、大賀崎がピエールへ提案した。

「未発表作品がこの日本で見つかり、若いころの素描も多数でてきました。このタイミングでのご相談ですが、私の画廊で個展を開催するというのは、いかがでしょう？」

その言葉に、ピエールは大きくうなずいた。

「私の所有する絵画工房に、初子さんがパリにいたころの想い出の絵もいくつかあります。本国から画廊展のために取り寄せて、ぜひ今回見つかった絵の横に並べてみたい」

「わあ、わたしもぜひ、そのピエール展を観てみたいわ。初子おばあちゃん、懐かしいものに囲まれて、きっと嬉しいにちがいないわ」

ピエールは、吉田氏と里奈の肩を両腕で抱きよせると、感謝の言葉を口にした。

「もちろん！　個展が無事に開催されたときには招待しますよ。ぜひ、何度でも観にきてもらいたい」

◇◇◇

ピエールと大賀崎は、家族とともに応接間へと移り、香純と聡、そして高科が和室に残る。高科は、閉められていた雪見障子をひとつ、ゆっくりと開いて庭へ視線を向けた。

「高科さんから大賀崎さんへ連絡をしたんですよね。いつから、この作品を描いた画家がピエールさんだと気づいていたんですか？」

「え？　偶然見つかったんじゃないの？」

香純は、驚いたような声をあげる。

聡が冷めた目で、香純の顔を見た。

「そんな偶然、簡単に起こるわけがないでしょう？　高科さんは気づいたうえで、ピンポイントで大賀崎さんへ連絡を入れたんですよ」

「え〜」

聡と香純の反応を見くらべながら、高科はニッと笑って口を開いた。

「アルバムの中で、大勢で写した写真があっただろう？　彼女と一緒に写っていた若い画家たちの中に、ひとり、大成した画家の面影があったんだ。それが、若かりしころのピエール＝ルルージュだ。そう考えて、壁の作品やスケッチブックを見ると、彼の特徴も見いだせた」

「すごい！　だったら、なんであのときに言わなかったの？」

「画家の目星をつけても、画廊同士のルールってものがあるんだよ、香純ちゃん。だから、日本でピエールと専属契約をしている『ギャラリー大賀崎』に連絡をとって、カメラの画像から、絵画の真作確認と画家への連絡を委ねたんだ」

「なんだ、それじゃあ、高科さんには今回、利益なし？　高科さんだけ時間ばかりかけて、骨折り損になるの？」

香純は内心、ちょっと申しわけない気分になる。

その香純の様子に気がついたのか、すぐに高科は続けた。

「いや、そうでもないよ。芸術的価値のある美術品を、埋もれさせることなく見つけることができた。里奈さんの、絵の勉強をしたいという留学の希望もかなうだろうし、『ギャラリー大賀崎』は、これから高名画家の個展を日本で開催できることになり活気づくことになる。あちらこちらで万々歳だ。そして」

高科は香純へ向かって、ニヤリとした笑みを浮かべてみせる。

「画商の世界は、人脈と信用の世界だからね。俺は、大賀崎さんやフランスの高名画家に貸しをつくれた。それによって画廊を持たない俺も、大賀崎さんとのあいだに信用と、この業界で新しいツテを広げることができたから、そういうメリットはあったさ」

「信用と人脈は、作ろうと思ってもなかなか築けるものじゃないですしね」

聡の言葉に、高科は「そう、それ」と指をさす。

「まあ、今回は、勝手に話を受けてきた香純ちゃんのおかげだな」

「高科さん。おかげなんて言葉を言ったら、香純さんのことだから、また調子に乗って、よけいなことに首を突っ込んできますよ」

「なによ、その言い方。まるでわたしがいつも勝手に首を突っ込んでるみたいじゃない」

「みたい、じゃなくて、そうなんですって」

「ひどーい」

香純は聡へ、頬をふくらませてみせる。それから、大きな笑い声を立てる高科へ向かって、満面の笑みとなった香純は言い切った。

「でも、有名な画家の絵だったってことは……。本当に、お宝発見しちゃったのね！」

第五話

天使の消失点

事の起こりは、香純のふとした質問だった。

「高科さんって、美大出身だったよね。自分でも絵は描いてるの？」

その日は高科の仕事にくっついて、香純と聡の三人で車移動をしていた。高科が聡に手伝いを頼んだところ、聞きつけた香純がくっついてきたのだ。

ホテルのエントランスホールに飾る、これからの夏という季節に向けた数点の絵画を、高科のセンスでチョイスして納入するという仕事だと香純は聞いた。いくつかの仕入れ先では直接絵を観て決めると高科が口にしたため、その訪問に同行してのドライブだ。

行きの車では、助手席を独占する絵画は乗らないため、香純が座ることを許された。

そして、小さな音で車内を流れる音楽に耳をかたむけながら、ふと思いついた質問を、香純は高科へ振ったのだ。

高科は、信号で引っかかって停まったときに、窓を全開にした枠へ右ひじを乗せると、横の香純をちらりと見た。

「自分の絵かね？　――作品という形では、とくに描いていないな」

「作品じゃないものは描いているってこと？　どんなもの？」

「こんな仕事だからね。絵の修復の技術は持っているし。依頼人の手に渡す前に、状態をよくしておく必要があるからねえ。まあ、思っているような絵が手に入らなかったり需要があったりしたら、望まれる絵画の贋作も制作いたしますってこと」

「え？　高科さん、模写できるの？」

「当然。大学時代からこれまで、それなりに絵を描く技術は学んできているからな。依頼されたら仕事としてやることがあるね」

以前、大学の絵画展でも聞いた話だ。練習としての模写はよくあることらしいし、真作と偽らなければ、贋作は罪に問われない。この数か月で自分の絵画に関する知識も、かなり広がったんじゃないかと香純は思った。だが、そんなことを言えば、聡に鼻で笑われるであろうことも学んだので、口にはださない。

「わたしは、一度、高科さんの絵を観てみたいなあ」

純粋に思ったことが、香純の口から言葉となってでた。

すると、高科は、いつものようなニヤリとした笑みを浮かべてみせる。だが、その問いへの返答はなかった。

「ねえ。高科さんって、いつも黒いコートを着ているよね。そろそろ暑くない？」

一瞬の沈黙のあと、高科にとって答えにくいことだったのかと思った香純は、質問の矛先を変えてみる。

「服ねえ。このコートは、気にいっているからねえ」

「でも、季節に合ってないよ」

実際に今日の高科は、薄手とはいえいつもの黒いコートを羽織り、わざわざ袖をまくりあげている。

「高科さんこだわりのファッションかもしれないけど、これからもっと暑くなるし、ちがう服に変えたらいいと思うなあ。――あまり服を持っていないとか？」

「香純さん、失礼過ぎます」

後部座席で窓の外の流れる景色を眺めながら聞いていた聡が、香純の言葉にすばやく突っ込んでくる。香純が振り向く前に、さらに重ねてきた。

「それを言うなら、香純さんは制服のない大学でおしゃれができそうなのに、ちっとも服装にこだわりが感じられませんよね。たまに会うときでも、いつも似たようなファッションで。大学でもきっと朝の時間が取れないときなど、無難で手軽なカジュアルスーツばかりを選んでいるんじゃないですか？」

図星を指され、香純はぐっと詰まる。それ以上のことが言えなくなった香純は、墓穴を掘らないようにと、慌てて別の話題を高科へ振った。

「そうそう！　そういえば、高科さんって、どこに住んでるの？」

「住んでいるところ？」

「そう！　ほら、以前絵画展で会ったときに桃ちゃんから聞かれたのよ。いまは実家？それともひとり暮らし？　仕事の事務所は持っているの？　名刺には住所が書いてなかったけど」

いままで彼が、妻帯者だとは思っていなかった。だが、念のために香純は、ちらりと横目で高科のハンドルを握る手を確認する。

その手には、いくつもの細かい細工を施してあるシルバーリングをはめていた。しかし、左手の薬指には、指輪はしていない。

「住んでいるところねえ。——住民票は実家から動かしていないな。だから郵便物は、ときどき実家へ受け取りに行っているよ。仕事の依頼は、すべて携帯で受けるし。俺は、ずっと車に乗って、営業や出張で全国を回っている感じかな」

「え？　じゃあ、もしかして家がなくて、普段の寝泊まりは、この車でってこと？」

「そういうこともあるかねえ。ひとり身は気楽だ」

そう言うと、高科は軽快に笑った。

高科が独身だとはっきりしたことで、香純は、やはり素姓のわからない正体不明の男の人だと思った。仕事もフリーランス、なにからも縛られない自由人だ。

それでは、香純が最初に抱いた印象どおり、住所不定の浮浪者みたいなものではないだろうか。なんだか生活面など頼りないなあと思いながらも、好きなことを仕事にして自由に生きていると言えないこともないのかなと、香純は考える。

小学校の騒ぎのときに高科は、絵を寄贈した画家を、このあたり出身だから知っていたと言っていた。あの口ぶりからすると、彼の実家も意外と近くなのではないか？　そのため、このあたりを仕事の拠点としており、高科の存在を知った香純は、よく彼を見かけているように感じるのだろう。

だが、香純にとってはまだ、高科についてほとんど知らないといっていいくらいの関係だ。

やがて目的地に到着すると、絵の所有者と会うために、高料だけが車をおりた。壁に蔦が絡んでいる古めかしい大きな屋敷の中へと、ひとり入っていく。

その後ろ姿を見送ったあと、香純と聡は車内で待ちながら、このあとのドライブコースを地図で確認することにした。

今回はお昼をはさんでの日帰りドライブだが、手作り弁当を用意するなんてことを、香純はしない。

わたしの手料理を食べるなんて百年早いわ。――べ、別に、わたしは料理が苦手ってわけじゃないんだからねっ！

などという香純個人の葛藤が含まれた理由ではなく、ただ単にドライブ中のサービスエリアに寄ってご当地グルメでも食べたいねと、全員の意見が一致したからだ。

後部座席に座っている聡と地図を共有するために、香純は後ろを振り向いて、地図帳を広げた。開いたページへ視線を落とす香純に、ふいに聡が声をかける。

「香純さん、――けっこう高科さんのこと、意識していますか？」

香純の手から、地図帳が滑り落ちた。

ばさりと大きな音を立てて、自分の足もとへ落ちた地図へ手をのばす聡に、慌てた香純は叫ぶように返事をする。

「ち、ちょっと！　急になにを言いだすのよ！」

「別に隠さなくていいですよ。普段から帽子とサングラスと髭でわかりにくいけれど、じつは高科さんってかなり端正な顔立ちをしています。渋い大人の魅力って気がしますよね」

「聡くん？」

「──香純さん。はじめて高科さんと会った日に、ただならぬ視線で見送っていましたよね。それから、喫茶店で名刺をもらったとき。それに、大学の絵画展のとき。香純さん、鑑定していた高科さんを、うっとりと眺めていましたし」

──この高校生！　わたしのこと、観察していたのか？

でもそれ、明らかに勘違いなんだから！

羞恥で真っ赤になった香純は、焦りで言いたいことが言葉にならない。

そんな香純の態度には無関心らしく、聡は、拾いあげた地図のページを開きなおす。そのまま、紙面を見つめた。

「俺は童顔だし背も低いので、実際の年齢よりも下に見られるんですよね。いまでも服装によっては、中学生にまちがえられるときがあるんですよ。背の高い高科さんがうらやましいです。将来、俺も高科さんのような男らしい雰囲気がでるかなあ」

するりと片手でなめらかな頬をなでながら、聡はひとりごとのようにつぶやく。

無表情のため本気か冗談かわからない、その彼の言葉を聞きつつ、香純はプイと窓の外へ視線を向けた。高科は、まだ戻ってくる気配がない。

「──わたしの興味は、たぶん、まだよく知らない謎めいた人だなあってことよ……」

ようやくポツリとひとりごとを口にしたとき、ふいに香純は思いだした。

たしか車の助手席前にあるグローブボックスに、絵画を写した写真があったはずだ。高料と出会って間もないころ、一度だけ見たことがあった。

もしかしてあの絵は、高料が昔に描いた作品なのではなかろうか?

そう思いつくと気になって、どうにも落ちつかなくなった香純は、ついグローブボックスへと片手をのばした。そっと開くと、以前見たときと同じところに、写真がはさまれている。

香純が写真をとりだすと同時に、気づいた聡が声をあげた。

「香純さん。たしか前にも言いましたよね? 他人の持ち物を勝手に見るのは、どうかと思いますよ」

「——はあい」

見つけられた香純は、しぶしぶ写真を戻そうとする。

「まったく。香純さんは、そののぞき見根性を控えたほうがいいと思いますよ。たぶん、その写真の絵画が、高料さんの描いたものかどうか気になったんでしょうけれど」

冷めた口調で続けた聡の言葉を聞いて、香純の手が止まる。

——あれ?

「ねえ、聡くん? わたし、前回もいまも、見つけた写真をあなたには見せていなかったと思うんだけど? どうして写っているのが絵画だって知ってるの?」

香純がそう言ったとたんに、珍しく聡が息を呑むのが、前を向いたままでもわかった。

「あなた、わたしにはどうかと思うなんて言っておきながら、あのとき、わたしが持っていたこの写真を盗み見たのかな？　あ、それとも、なにかの機会でこの車に乗ったとき、こっそりひとりで見たんじゃないでしょうね？」

聡からの返事はない。ちがうと思ったことは言い返す聡にとって、沈黙は肯定だ。

――勝った！

思わずほくそえみながら、香純は、はじめて聡からもぎ取った勝利に酔いしれた。

これで弱みを握ったとばかりに、聡に協力させようと考えた香純は、不敵な笑みで、聡の目の前へひらりと写真を突きつけた。

「――ねえ。わたしは知識がないから、よくわからないんだけど。もしかして、この写真に写っている絵って有名な作品なのかな？　それとも観たことない絵かな？　描いた人って、ずばり高科さんだと思う？」

これで聡ものぞき見の共犯者だ、そう思った香純だったが、聡は写真には目もくれずに、きっぱりと口にした。

「知りません。だから、許可なく個人的な写真なんて見ないほうがいいですって」

「だよなあ。勝手に見るのはよくないよね、香純ちゃん」

背後から突然かけられた声に、香純は心底驚いた。声もだせずに振り向くと、助手席側の窓からのぞきこんだ高科と目が合う。

パニックで思考停止した香純の手から、高科は、するりと写真を抜き取った。

「ほら。絵を受け取ってきたから、指定席に乗せるぞ。香純ちゃんは後ろ。さあ、移った移った！」

そのまま無下に助手席から追いはらわれた香純は、しかたなく後部座席の聡の隣へと乗りこむ。

そして何事もなかったように、写真を一瞥もせずグローブボックスへと戻した高科は、助手席へと置いた絵にシートベルトをする。

それから、ニヤリとした笑みを浮かべると、聡に「ドライブの行き先は決まっているかな」と声をかけた。

なし崩し的にうやむやにされた。だが、高科の素性に興味がなかった以前とはちがって、香純は写真に写った絵画を、しっかりと目に焼きつけていた。

紙の色が少々黄ばみ、角が丸くなって年月を感じさせる写真に写っていたのは、上半身が描かれた女性の絵画。若さにあふれた十代半ばの女の子に見えた。

体は斜にかまえていたが顔は正面を向いており、大きな瞳と口角のあがった口もとが、観る者を幸せにするような明るい表情の少女の肖像画だ。

黒髪はきれいなウエーブを描いて後ろに流されており、長さまではわからないが、ひと昔前のアイドルのような印象の髪型。黒っぽい服装は、中学か高校の制服だろうか。

背景は、なにやらよくわからない薄墨が、かすかな濃淡によって全面に描かれており、とくに意味は感じられない。絵がさびしくならないように、白い空間を埋めているだけだろうか。

配色は地味ながら、なかなか味のある作品だと香純は感じた。ただ、いままで観たことのない絵だし、はっきり言って素人っぽい印象を受けた。個人的に描かれた、個人所有の絵画ではないだろうか。

――写真の古さとモデルの年齢から考えて、あれは学生時代の高科さんが描いた絵なのだろうか。

ぼんやりと、香純は考える。

高科が学生時代に絵を描いていたのなら、当然モデルを描くことだって、何度もあっただろう。だが、その絵を写真に撮って、いまでも持っているということは、どういう意味を持つのだろうか。

その絵が高科にとって、なにかの記念となっているのだろうか。

あるいは、そのモデルが――高科の彼女だったのだろうか。

ドライブの帰り、香純と聡は、自宅近くの広い道でおろしてもらった。聡が、家の前までは遠回りだからここでいいですよと断ったためだ。そのため、手を振って高科を見送ったあと、香純の家までの一〇〇メートルあまりを、聡とぶらぶら歩く。

そろそろ空は薄暗くなってきており、一番星がはっきりと見えてくる時刻だ。

ふいに、聡が口を開いた。

「今日の香純さんはドライブの後半に、よく考える顔をしていましたね」

「え？　そう？」

慌てて香純は、聡のほうへ顔を向けたが、その探るような目を見て視線をそらす。

ときどき、高科の持っていた写真のことを思いだしてはあれこれ考えていたため、彼にはそう見えたのだろう。

そう気づくと、いつもの聡の無表情が、今日は責めるような突き放す表情を浮かべているように思える。他人の心理状態を反映する、まるで能面のようだ。

早足となった香純へ、聡は淡々と言葉を続けた。

「なんで高科さんの写真のことを、そんなに調べたがるんですか」

「なんでって」

香純の考えていた内容まで、どうやらお見通しのようだ。

表情を読む特技があると聞いたことがあるが、反対に、聡の表情はさっぱり読み取れない。香純としては、どうも話し合いに不利のような気がする。

「俺は、高科さんに興味を持つことはいいと思いますよ。けれど、本人が自分の口から話さない限り、過去のことやワケありのものに対する興味本位は、よくないと思います」

「だって。――高科さんがどんな人なのかって、気になるじゃない？」

うつむいて上目づかいになりながら、香純は口を尖らせる。

そのとき、ふいに香純は気がついた。

聡が高科に家の前まで送ってもらわなかったのは、わざわざ香純と話をする時間を、こうやってとるためだったのだ。

気づいた香純へ隠しだてする気もないのか、聡は香純の前をふさぐように立ち止まり、腕を組んで話しこむ態勢へと持ちこんだ。

「気になるからって、なんでも探るのはよくないと思います。もし、調べられるその対象が俺だとしても、いい気はしませんね。俺もあまり過去を知られたくないクチですし」

「なによ。聖人ぶっちゃって」

「俺は、香純さんのためを思って言っているんです。以前から感じていましたが、香純さんは、物事をよく考えず言葉にだしますし行動に移すタイプですよね。ちゃんとあとさき、考えています？」

「――年下のくせに。偉そうに言わないで」

思わずそう口にした香純は、プイと横を向く。そして、ムッとしたまま彼の横をすり抜けると、そのまま置き去りにするように、家へ向かって歩きだした。

興味本位だと偉そうに言われてカチンときた。だが、まったく的外れでもない。香純は自分でも、本当に気になっているとわかっているからだ。

年下の少年に指摘され、素直に言うことをきけないのが香純だ。人間、本当のことを言われると怒りだすというが、香純も例外ではないらしい。それをプライドというのか意地を張っているというのかわからない。だが、ますます香純は気持ちを固める。

高科さんにとって、あの写真の絵はどのような意味を持つのだろうか。

調べてみたい。

◇◇◇

次の日の午後。

三時ごろに大学の講義が終わった香純は、どこに寄るわけでもなく、ぶらぶらと家に向かって歩いていた。

高科の写真に興味を持ち、その理由を調べると言っておきながら、昨日の今日ではよい案が浮かばず、結局まっすぐ家に帰ってきてしまったというわけだ。

すると、香純の家の前の壁に寄りかかって、なんと制服姿の聡が待っていた。

香純の姿を確認すると、体を起こして近寄ってくる。そして、先手を打つように、聡は神妙な表情で頭をさげた。

「昨日は言い過ぎました。反省しています」

そんなふうにされると、許さないなんて言えない。香純のほうが、大人げないように見えてしまうではないか。

「——わたしも悪かったわよ」

唇を尖らせながら、香純がぼそりと口にすると、聡が言葉を続けた。

「香純さんを、俺が逆に煽った感じになった気がしたので。そこまでやろうと香純さんが考えていなかったら、別によかったんですが。いまの香純さんは調べる気、満々ですよね？」

「だって、気になるんだもん」

そう告げて、香純は頰をふくらませてみる。とたんに、聡は表情を和らげた。

「香純さんは素直ですね」

年下から子ども扱いされたと感じた香純が、すぐさま文句をつけようとすると、聡が思いがけないことを口にする。

「俺も、香純さんに協力しますよ」

「え？」

香純は驚いた。もう少しででかかっていた苦情を、慌てて呑みこむ。

あれだけ他人のことを勝手に調べ回るなって言ったのに、どういう風の吹きまわしなのだろうかと、香純は疑わしげな目つきになって、聡を眺めまわした。

「聡くん、なんで？　あなた、高科さんの過去を調べることに反対だったんじゃないの？」

「はっきり言えば、いまでも気が進みませんね」

「だったら」

聡は、普段の無表情に戻って香純に告げた。

「けれど、香純さんが確認もせずに突っ走って、高科さんの地雷を踏むことだけは避けたいと、俺は思ったんですよ。だから、監視も兼ねて付きあうことにしました」

その言い方に、香純はふたたびカチンとする。

だが、ここで香純が怒鳴るように言い返せば、きっと昨日以上にふたりの関係が悪くなるにちがいない。

そう考えた香純は、わざと余裕を見せるように顎をあげると、胸もとで両腕を組んだ。

そして、斜に体を向け、流し目を送りながら居丈高に言い放つ。

「しかたがないわね。わたしの調査に連れていってあげるわよ。あ、わざわざ付きあってあげるんだから、あなたはわたしの雑用係ということで、こき使ってやるわ。言うことを聞いて、きりきり働きなさいよ」

そう告げたとたんに、聡の無感情だった顔が、呆れた表情へと変わる。

たとえそれが腹の立つ態度でも、香純は、彼が思ったとおりの反応を示したことで、心の中で喜んだ。

彼は絶対、香純のことを能天気でおバカな女子大生とみなしただろう。

でも、それでいい。険悪なムードだけは避けたかった自分としては、うまくはぐらかした大人の対応をしたんじゃない？

そう考えて、満足そうな顔を浮かべた香純の前で、聡は大きなため息をついた。

「香純さん。写真の絵画のでどころを、調べる気だったんでしょ？　まず、どこでどうやって調べるつもりだったんですか？」

いきなり、聡は核心とも言える痛いところを突いてきた。

口ごもる香純に向かって、すかさず彼は提案してくる。

「やっぱり、考えていなかったんですね……。今日の昼間のうちに、俺がひとつ手がかりをつかんでおきましたが。それ、聞きたいですか？」

「え？　どうやって？　あの写真の絵画に関して、そんなに情報なんてなかったよね？」

香純はあっさり、聡のペースに乗せられる。驚いた彼女は、歩きだす聡につられて無意識に肩を並べ、彼の続く言葉に耳をかたむけていた。

聡は、知りたそうな表情を浮かべた香純に小首をかしげてみせ、さも当然のことのように念を押した。

「歩きながら説明します。香純さんも、いまから時間はありますよね」

目的地まで徒歩三十分と説明された道のりを、香純は聡と並んで歩く。そのあいだに、彼の口にした手がかりとなる内容を聞いた。

「俺の高校の校門前で、ある人物と待ち合わせをしています。高科さんのおおよその年齢と出身高校が俺と同じだということ、高校時代は美術部所属だったということ。そもそも『高科』なんて珍しい苗字なんですから、それだけわかって職員室でたずねれば、当時の卒業名簿を見ることができますし、教師からの情報が手に入ります」

「ああ、なるほどね。出身校からかあ。でも、いまどき、そんなに簡単に個人情報って教えてもらえないでしょ？」

「そこはうまく引きだせました。俺は教師に受けのいい優等生なので」

どこまで本当なのか、さらっと口にした彼は、真顔のままで続けた。

「これから会う人物は、高科さんの同学年であり同じ美術部だった方です。実家が変わっておらず、この近くに住んでいて連絡が取れました」

そんな会話を交わして歩く。

やがて見えてきた校門前に、三十代前半と思しきスーツ姿の男がひとり、大きめの紙袋を提げて立っている姿が見えてきた。

その男性はまず、にこやかに香純へ名刺を手渡してくる。すぐに、近くの喫茶店へ場所を移そうと誘ってきたため、香純は聡とともに了承した。

歩きだす男性のあとについて歩きながら、香純は、もらった名刺をこっそり確認する。それには、生命保険会社の営業をしている佐々池《ささいけ》と書かれていた。

小さな喫茶店の奥にある四人掛けのテーブルへと案内されると、佐々池は椅子の上に紙袋と鞄を乗せ、その横の椅子へと腰をおろす。その向かい側に、香純は聡と並んで座った。

佐々池は営業スマイルを香純に向けながら、好きなものを注文していいよと告げ、自分は珈琲を頼む。そのあとに続いて、香純と聡も同じように珈琲を注文した。

「きみが江沼聡くん？　高科の友人だって？　あいつもずいぶん年下の友だちを持っているなあ。あいついま、どうしてるの？　ぼくが高科と最後に会ったのは、大学卒業ぐらいの年にあった高校の同窓会だったかなあ」

佐々池は気安く話せるタイプのようだ。香純と聡の顔を等分に見ながら身を乗りだし、爽やかな笑みとともに、気持ちのよい声質で言葉を紡ぐ。

するとこちらも穏やかな表情を浮かべながら、聡がゆっくり口を開いた。

「高科さんは、絵に関する仕事をしています。あちこち飛び回っているようですが、この地域を拠点に活動していますよ」

その態度に、香純は、なんて外面のいい高校生なのかと内心で呆れた。香純には仏頂面で、愛想のよい顔も言葉も向けないくせに。

そんな香純の心中にかまう気もなさそうに、聡は、じっと佐々池の顔を見つめながら、言葉を続けた。

「それで、お願いしていたものを見せていただけますか？」

「ああ、そうそう。営業待ちの空き時間があったから、家まで取りに戻ってきたんだ。でも、一応仕事の合間だから、打ち合わせって名目で一時間ほどしかとれないが。せわしくて申しわけないね。懐かしいからいろいろと、いまの高科やきみたちのことを聞きたいんだけれど。時間がないから、きみたちの用事を優先するよ」

「こちらこそ。急にお願いをして、お手数をおかけします」

聡はそう言いながら、佐々池が紙袋から引っぱりだしたものを、両手で受け取った。

それは、とても大きなサイズの分厚い卒業アルバムだった。

アルバムとわかった瞬間に、香純はうずうずとする。

女の子というものは、アルバムや写真を見るのが好きなものだ。そのうえ、載っているのは、いまの会話の流れから、高校時代の高科にちがいないとくる。気にならないほうがおかしい。

さすがに香純の様子が伝わったのか、しかたがなさそうに彼女の前へ、聡は受け取ったアルバムを開いてみせた。嬉々として香純は、珍しく満面の笑みを聡へ向けてお礼を口にする。

前から開いていく香純へ向かって、佐々池が声をかけた。

「高科のクラスは、三年五組ですよ」

その言葉を受けて、香純はページをめくる。そして、高科の名前と写真を発見した。

「——制服姿だと、印象がちがいますね」

香純の手もとを横からのぞきこんでいた聡が、声にだした。

髭がなく、眼鏡や帽子で隠されていない高校三年生の高科は、まだ子どものあどけなさが色濃く残っている。どの生徒にも言えることだが、やや緊張した真剣な面持ちで、写真におさまっていた。

「思ったとおり、高科さんは昔から端正な顔立ちですね……。高校時代の高科さんは、どんな方でしたか？」

じっと見入っている香純が黙っていたため、聡が佐々池へ向かって口を開く。

すると、佐々池は首をひねりながら、当時を思いだすような目をした。

「そうだなあ。三年間、同じクラスになったことはなかったからな。ただ、部活内での高料は、妙にこだわりがあって付き合いづらいイメージがあったかな」

「こだわりがあって付き合いづらいイメージですか？」

聞きなおす聡に向かって、佐々池はうなずく。

そして、少し照れくさそうに後頭部を掻きながら続けた。

「当時は、大人びた奴でかっこいいと思ったが、いま思い返せば、講釈たれの生意気な背伸びをした高校生だったって感じかな。描けば絵はうまいが、ほとんど作品を残していなくて、部活中の彼は、もっぱら絵に関することについて話しこむばかりだったかな」

香純は、ふたりの会話を聞きながら、胸の中で大きくうなずいていた。

ああ、わかる。その感じ！

つまり、高校時代の高科さんは、聡くんのようなタイプだったんだ。妙に知識があるために、相手を軽く見がちな鼻持ちならない高校生。

そう考えながら、香純はちらりと横目で聡を見て、すぐにアルバムへと視線を戻す。

香純の視線に意識を向けていなかった佐々池は、とくに気にした様子もなく、まるで秘密を告白するように声をひそめた。

「ぼくのころの美術部って、絵を描くだけじゃなくてね。油絵を描く生真面目な生徒と、あと……わかるかなあ？　漫画やアニメが好きで、同人誌やセル画ってのを主に描く生徒と、とくに描くわけではない絵の好きな生徒が混ざっていた感じかな。高科は最後のグループで、ぼくは、その、同人誌を描いていたクチでね」

「ああ、わかります」

　すぐに聡が相槌を打つ。

「いまでも美術部は、同じような感じの部員構成で続いているようですよ。本来の意味での美術部では、部員の確保が厳しいそうです。なので、広い定義で絵が好きな部員も加えて、活動時間はグループに分かれてちがうことをしていると、美術部の顧問から聞きました」

　肯定する聡の言葉に、佐々池は安堵したような表情を浮かべた。椅子に深く、腰をかけなおす。

「そうか。卒業後も、とくに美術部が変わっていないようで安心したよ」

　会話を中断するように、テーブルの上に人数分の珈琲が置かれる。店員が立ち去ったあと、おもむろに聡が口を開いた。

「それで、当時の高科さんは、普段から誰と、どんなことを話題にしていたんですか？」

　聡が話を聞きだしているあいだに、香純は、卒業アルバムのページをめくった。

　次に目指すページは、確実に高科が写っているであろうと思われる部活動の写真、美術部のところだ。

「そうだなあ。――歴史上有名な画家の話や有名画について。画風やテクニックのことについて。――たとえば、レンブラントの光についてとか……あんまり、ぼくが詳しくなくて申しわけないんだけれどね」

少し困ったような顔をした佐々池に向かって、そのとき、ふと思いついた香純が顔をあげた。考える間もなく、彼女の口から言葉が飛びだす。

「たとえば、アトリビュートとか、ですか？」

「そう、それ！　その言葉も聞いた気がする。きみ、よく知っているね！」

佐々池が香純のほうへ向きながら破顔し、感心したように声をあげる。香純は少し得意げに、口もとをゆるませた。

とたんに、横から聡の呆れたような視線を感じたが、香純は無視を決めこむ。わざわざ彼は、自分が以前に香純へ教えたことだとは口にしないだろう。

佐々池は、香純のことも美術に詳しい相手だと思ったらしく、なめらかに言葉を続けた。

「歴史画を観るうえで、人物の特定や役割を示すアトリビュートを知っていると面白いからね。よく話題にだしていたよ。誰のアトリビュートがなんなのかとか。あと、――そう、アナモルフォーズとか。あのテーマは聞いていても面白そうだったから、ふたりの近くでセル画を描いていたぼくも、妙に印象深く覚えているよ」

「アナモルフォーズ？」

付け焼刃の知識しか持たない香純は、一瞬、言葉に詰まる。

でも、たしかどこかで聞いたことがある気がして、目を白黒させながら記憶を探った。

すると、すかさず聡が、佐々池に向かって笑みを浮かべる。

「ああ、歪み絵ですね。研究しがいのある面白いジャンルだと思います。それに最近でも、だまし絵や隠し絵などのトリックアートが話題になっていますしね」

聡の助け船のような言葉を聞きながら、ああ、大学の絵画展のときに聞いた言葉だったっけと、香純は胸の中でうなずいた。

「そう、それ」

佐々池は、嬉しそうに言葉を返す。

「アナモルフォーズで一番に思いだす有名な絵は、ハンス・ホルバインの『大使たち』だな。アナモルフォーズだけではなく、いろんな意味を含めた絵画だ」

「そうですね」

相槌を打った聡は、隣で黙りこんで話を聞いていた香純へ、耳打ちするように続けた。

「香純さん。『大使たち』のアナモルフォーズは、気がついた瞬間にどきりとしますよ。ぜひ一度、絵画集などで確認してみてください」

それから聡は、佐々池へ向きなおると笑みを浮かべてみせる。

「たしかアナモルフォーズの世界でも、一番乗りはレオナルド・ダ・ヴィンチじゃなかったでしょうか。以前、『大使たち』よりも先に描かれたとされる『子どもの顔』を観たことがあります」

「そう。まさしくレオナルド・ダ・ヴィンチは新しいもの好きで、あらゆる方面において天才だよな。『子どもの顔』は、文献を探さないと見つからないレアな絵だ。――そうそう、こんな感じで部活中、高科はずっと話をしていたなあ」

笑みを浮かべた佐々池は、懐かしそうな目をしてそう告げた。

その言葉を聞きながら、香純は目の前に広げた美術部の集合写真へ視線を落とす。そこには、真面目な表情をした佐々池と高科が並んで写っていた。耳に入ってくる情報と写真から、香純は少し、高科の学生時代の様子が目に浮かぶ。

その瞬間、なにげない口調で、なにげない表情をした聡が質問した。

「高科さんって、女子生徒に人気はありましたか？　高校時代に、付きあっていた彼女っていました？　先ほど佐々池さん、ふたりでって言われましたよね。高科さんの話し相手って、もしかして女性ですか？」

そのとたんに、香純は写真どころではなくなった。

全身を耳にして、佐々池の言葉を待つ。

すると、いままでにこやかだった佐々池が、とたんに表情を曇らせた。佐々池の顔を見つめていた聡も、わずかに眉をひそめる。その雰囲気に、戸惑いを隠せなかった香純は思わず顔をあげて、ふたりの顔を見くらべた。

しばらく迷った様子を見せてから、佐々池は重い口を開いた。

「それが今回、きみたちが高科のことを聞きにきた目的かもしれないから、ぼくの知っていることを言うとね。――高科は高校時代、付きあっている彼女はいなかった」

その言葉に、いつもの香純なら「なぁんだ」と思うべきところだ。

だが、ざわつくような胸騒ぎをぬぐいきれない。

佐々池は、目の前に置かれている珈琲のカップを見つめながら、言葉を続けた。

「高科は、それなりに女子のあいだで人気があったが、彼の眼中に彼女たちは映っていなかったんだと思うよ。ぼくや部員たちのあいだでは、暗黙の了解って意味で口にださなかったことだけれど。高科は、ひとつ上の先輩が気になっていたんだ。その人は油彩画が上手な先輩だったが、部活中の高科の主な談論相手でもあった。ただ、申しわけないが、そのアルバムには学年がちがうために先輩は写っていなくてね」

「ひとつ上の先輩ですか……」

少し意外そうに、聡が小さな声でつぶやいた。そして、考えこむように指を顎に添えて口を閉ざす。

香純は、目の前にある部活写真を凝視しながら、佐々池の告げた言葉の意味を理解しようとした。

付きあっている彼女はいなかった。年上の先輩も、気になっていただけで、この流れでは片想いだったのだろう。世間ではよくある話だ。学生時代に香純も、片想いなら体験していることだ。

だが香純は、自分が思いのほかショックを受けていることに驚いた。

茶化すように、聡は香純へ恋愛系の含みを持たせた話を振ることがあるが、それはふたりとも、冗談だと認識している。そして自分も、興味はあるがそこまでよく知らない高科に、恋愛感情があるとは到底思えない。

だから、すぐに香純は、ひとつの可能性に思いあたった。

この感情は、恋愛という名のものではない。おそらく、自分の知らない、彼の意外な一面を偶然見てしまった、その戸惑いなのではないか。

飄々としていて特定の女性に興味がなさそうな高科が、高校時代に、ひとりの年上の女性を気にしていた……。

ふいに、聡が制服の内ポケットから生徒手帳とシャーペンをとりだした。

手帳を開くと、怪訝な表情になった佐々池と香純が見守る中で、すばやくペンを走らせる。またたく間になにかを記した聡は、そのページを佐々池のほうへ開いてテーブルの上へ置いた。そのまま、佐々池の顔をのぞきこむ。

「その先輩って、こんな方ですか？」

驚きを隠さずに、佐々池は目を見開いた。だが、すぐに小さくうなずく。

「――そうだ。この人がその、千晶《ちあき》先輩だ」

身を乗りだして手帳をのぞきこんだ香純も、思わずあっと声をだした。そこに描かれていた絵は、まちがいなく、高科の写真に写っていた絵画の少女だった。

「聡くん、どうして？　っていうか、絵がうまい！」

思わず声をあげた香純へ、表情を変えずに聡は返事をする。

「中学は美術部にいたって言っていませんでしたか？　その三年間、基礎となるデッサンばかりしていましたから。それに、俺は認識力が高いので、一度見たものは忘れません」

平然とした聡からすごいことを聞いた気がする香純だったが、シャーペン画とはいえ実際に、あの写真とほぼ同じ人物だといえる少女の絵が描かれている。彼女は純粋に称賛の目を向けた。

対して、佐々池は戸惑いを隠せない表情で、眉をひそめながら口を開いた。

「きみ……聡くん、一度見たって言ったよね。この絵は、なにを見て描いたんだ？　千晶先輩に面識はないだろうし。きみは、千晶先輩の写真も持っていないよな？　もしかして、高科が千晶先輩の絵を描いていて、きみは、それを観たことがあるのか？」

香純は、佐々池の表情や言葉に含まれる意味がわからず、怪訝な表情となって彼のほうを見る。そんな香純と聡に、佐々池は、静かな声で告げた。

「ぼくと高科が二年のときに、千晶先輩は亡くなったんだ」

「冬休みが終わったあと、一月の終わりごろだったな」

なにも言えなくなって黙りこんだ香純と聡に、佐々池は、話を続けた。

「千晶先輩は、大学の推薦も決まっていて、比較的自由な時間があったみたいでね。美術部のほうにも、ときどき顔をだしていた。そんな時期に、千晶先輩は交通事故に遭ったんだ。あれは、たしか――土曜日の夕方だったと思う」

そのときの事故の様子を、佐々池は、知っている限り丁寧に語った。前方不注意のトラックが歩道に乗りあげ、事故に巻きこまれたという彼の言葉に、香純はじっと耳をかたむける。千晶には過失のない、不幸な事故だったということが、香純には理解できた。

気になっていた先輩の突然の死で、高科の時間と行き場を失った想いが止まっているのだろうか。

なんとも言えない気持ちを抱《いだ》いて、香純は考える。

そうすると、あの写真の絵は、やはり高科が先輩を描き、それをずっと持っているということなのだろうか。写真の様子から、高校のころに描かれた感じがする。それからいままで、ずっと……。

香純がぼんやりと、高科の心中を思っていると、ふいに聡が口を開いた。

「佐々池さん。高科さんが彼女の絵を描いて、それを俺が観たのかと、先ほど聞きましたよね？　それ、どういう意味で言われたんですか？　意外そうな顔をされていましたが」

「あ？　ああ」

佐々池は、しんみりとした場の雰囲気を変えるように、少し声を明るくしながら返事をする。

「高科が、先輩の絵を描いたのかと思って、少し驚いたんだ。――じつは当時、美術部ならではというか、ね。自分の似顔絵を描いて、それにフキダシやメッセージを添えて友だちに渡すってことが、美術部内ではブームになっていたことがあってね。小さい紙切れから油彩画まで材質は問わず、また写実的な絵からアニメチックな絵まで、自由に描いてね」

佐々池の話に香純は、絵までつけてやり取りをするなんて、わざわざ手間なことをするんだなあと思った。

だが、自分が授業中に友人へ回したメモに、簡単な似顔絵を描いたことがあったかもしれない。そう思うと、とりたてて難しく考えることもないかと考えなおす。

「ぼくも何度か、自画像を描いて部活仲間に渡したことがあるよ。ただ、――全員、自分の顔を描いて言葉を添えていたんだ。その中で、高科が千晶先輩の似顔絵を描いたのか、あるいは、千晶先輩が自分の似顔絵を描いて高科に渡したのかと思って、ぼくは驚いただけなんだ。ふたりとも、そのブームには無縁だったから」

「佐々池さんは、誰が描いたものでもいいんですが、千晶先輩の似顔絵が描かれたなにかを見たことがありますか？」

すばやく、聡が佐々池へと質問する。佐々池は、当時を思いだすような顔をしながら口を開いた。

「いや。ないな。千晶先輩は、ほとんど自分の似顔絵を描かなかった。あの先輩は真面目で写実的な油彩画ばかりで……。そう、知っている限り先輩が自画像を描いたのは、その一度だけだったと思う……」

佐々池の声が、空気に溶けこむように、徐々に小さくなる。

香純と聡が見つめる中、やがて佐々池は、言葉を続けた。

「あの事故の前に、千晶先輩は、美術部の部長から告白をされていたんだ。名前は、久保《くぼ》先輩といって、同学年でもともと仲のいいふたりだったんだよ。ぼくたちが入部したときには、公認のカップルって感じで。だが、付きあっていたわけではなかったんだ。そして、卒業が近くなったころ、三学期に入ってすぐのころかな。久保先輩が千晶先輩へ、告白のメッセージを入れた自画像の油彩画を渡したんだ」

佐々池の言葉に、香純はなんとなくわかった。

高科は、話の合う優しい先輩が気になった。けれど、その先輩には、暗黙で公認のカップルと噂される相手がいた。だから、高科は黙って見つめるだけだったのだろう。

佐々池に向かって、聡が続けた。

「ラブレターならぬ、告白の絵画ですか。本当に美術部ならではですね。それで千晶先輩の返事は？　――あ、なるほど。その返事となる絵画が、唯一の千晶先輩の自画像だということになるんですね」

「そうなんだが……。その千晶先輩の描いた絵画は、結局、誰も観ていないんだ」

「え？」

聞き入っていた香純は、思わず声をあげる。佐々池は、大きなため息をついてから、話を続けた。

「千晶先輩の返事は、当然ＯＫだったと思う。だが、誰も完成された絵を観ていない。告白の相手となる久保先輩さえ観ていないはずなんだ。――千晶先輩は、一月の終わりに、一週間ほどで返事となる絵を部室で描いていた。でも、描いているあいだは恥ずかしいからと、誰にも制作過程を見せてくれなかった。金曜日に美術室で絵を描きあげたあと、千晶先輩は土曜日に部室までとりにきて、そこから久保先輩の家へ持っていく道中で事故に遭ったんだ」

佐々池は、香純と聡の顔を見ながら、きっぱりと告げた。

「事故の衝撃で、絵はアスファルトで擦ったうえに破れていたらしい。タイヤの跡もついていて、どのような絵が描かれていたのか、まったくわからない状態だったって聞いた。だから、誰も完成された千晶先輩の絵を観ていない。だから、きみがなにを参考にこの絵を描いたのか、とても気になったんだ。きみが上級生の誰かに写真でも見せてもらいにいったのなら、先輩の顔を知っているだろうけれどね」

「俺は」

聡は、ゆっくり口を開く。

隣で香純は、どのように彼は答えるのだろうかと、じっと耳をすませた。

「過去に、この高校の制服を着た女子生徒の絵を写した写真を見たことがあります。なので、俺はその絵をいま、描いてみただけなんです。それが千晶先輩だという確証も、誰が描いたかということもわからなかったので、そのとき写真について深く追及しませんでした。残念ながら、絵や写真のでどころは俺にもわからないんです」

佐々池に説明する聡の言葉に、香純はなんだかはぐらかされた印象を受ける。

まちがっていないけれど、正しくもない。知っているけれど、ただ口にしないだけ。

「そうか。残念だな。機会があれば、ぼくも千晶先輩の描かれた絵を観たかったんだが」

頭を掻きながら佐々池はそう告げると、広げられた聡の生徒手帳から、自分の腕時計へと視線を移す。

「あ。そろそろ戻らなきゃならんな。悪いね、バタバタとして」

「いえ。こちらこそ。あ、佐々池さんは、久保先輩の連絡先をご存知ですか？」

聡が生徒手帳を閉じて引き寄せながら、さりげなく聞く。

そうだなとつぶやいた佐々池は、香純から卒業アルバムを受け取って紙袋に戻すと、聡のほうへと顔を向けた。

「大学を卒業したあとは、仕事で海外に行ったと聞いた気がするなあ。学年がちがうと、どうも情報が入ってこなくてね。連絡は途絶えているから、結婚をされているかどうかもわからんな」

「そうですか。ありがとうございます」

立ちあがる佐々池や聡にあわせて、慌てて香純も立ちあがる。

ほとんど後半はしゃべっていなかった香純だが、佐々池が立ち去るときには、笑みを浮かべて見送った。

◇◇◇

街が夕暮れに染まるころ、香純は、聡と肩を並べて歩いていた。

「それで、香純さん。——香純さんは、これからどうしたいんですか？」

しばらく黙ったままぼんやりと歩いていた香純へ、ふいに聡が声をかける。立ち止まると香純のほうへ顔を向け、聡は無表情で問いかけた。

「え？　どうって」

聡の意図がわからず、香純は口ごもる。どうするとは、たったいまからの行動のことだろうか。それとも、今後の身の振り方のことだろうか。

すると、聡は補足するように言葉を続けた。

「香純さんが気になっていたことは、今日でだいたい聞けたと思います。写真の絵に描かれていたモデルのこと。それに、高科さんの高校時代の写真も見たし、彼の片想いの状況も結末もわかりました。あの写真の絵は、高科さんが描いた可能性はありますけれど、俺は高科さんじゃないと思うんです」

「え？　なんで？」

「自分の描いた絵を写真に撮って持ち歩くにしては、高科さんのそぶりが写真を直視したくなさそうだからですよ。それについて触れたくも触れられたくもない絵なら、押し入れの奥深くに想い出として持っていればいいだけです。捨ててしまったっていい。写真に撮ってまで手もとに置いておく道理がない」

「そう……言われてみれば、そうよね……」

「だとすれば、最初から写真の形でしか持っていなくて、それを捨ててしまうことにもためらいがあるからじゃないでしょうか。たぶんそのためらいの理由は、この世にその形でしか残っていないから。さっき佐々池さんから聞いた事実と照らしあわせれば、つまりは千晶先輩が描いた絵だと考えたほうが、辻褄があうからです」

――そう、かもしれない。たしかにその考えは、正しいような気がする。

そう香純が考えたとき、聡が再度問いかけてきた。

「それで、香純さんは満足しましたか？　ただの興味本位であれば、あの写真の絵の正体がわかったのだから、それで充分だと思いますけれど」

彼のその口調は、香純には、少々冷たく感じられた。

まるで野次馬根性で知りたかっただけではなかったのかと、暗に言われているような気がする。香純にとっては不本意だが、この状態では、そう思われても仕方がない。

香純は黙って、いまの自分の気持ちを見据えようとした。それがわかったのか、聡も静かに、香純の次の言葉を待ってくれる。

「――わたしは」

やがて香純は、口を開く。

はっきりとした形にならないまでも、その決心がこもる声は、小さいながらも明確に言葉を紡いだ。

「わたしは、止まったままの高科さんの時間を、動かしてあげたいと思う」

香純は、顔をあげて聡を見た。

「なぜ高科さんが、写真という形で千晶先輩の自画像を持っていたのかわからない。でも、その事情が、高科さんからときどき、孤独感や止まった時間を感じさせてきたのよ。たぶん、もしかしたら十年以上、高校のころから、高科さんの時は止まっている気がする。だから、わたしは、その事情を知ったうえで、高科さんの時間を動かしたい」

そこまで告げて、香純は首をすくめる。

「でも、なにをすればいいのかわからないのが本音なの」

そう言った香純は、聡から、ばかにされるのではないかと感じてうつむいた。

「止まった時間を動かしますか」

予想をはずして、聡は、とくに白い目で彼女を見ることはしなかった。少し小首をかしげたあと、彼は香純を見つめて言った。

「それなら、香純さんが高科さんの時間を動かしてあげればいいですね」

「でも！　――だから、わたしには方法がわからなくて」

「俺は」

聡は、香純の言葉をさえぎるように続けて口を開く。

「俺は情報収集が得意で、いろんな知識を自分の中に詰めこんでいます。けれど、他人との関わり方が、あまりうまくないんですよ。だから、俺が情報を集めて香純さんを真実へ導けば、次は香純さんが、うまく高科さんの時を動かせるように導くことができるでしょうか？」

香純は、聡の申し出に、ぽかんと口を開けて聞いていた。

だが、すぐに我に返り慌てて口もとを引きしめると、じっと彼女の返事を待つ聡へ、ゆるやかに口角をあげてみせた。

「でも、佐々池さんから聞いた話から、なにかほかに手がかりはあったかな。過去の出来事はわかったからといって、それが直接の原因かどうかもわからないし。久保先輩への連絡先もわからなかった……」

そうつぶやきながら、聡はふたたび歩きだす。その後ろ姿を見つめていた香純は、無意識に、ぽつりと声にだす。

「アトリビュート」

「え？」

振り向き聞き返した聡に、香純はもう一度、今度は確信を持ってゆっくりと告げた。

「もしかして、アトリビュートじゃないかな？　高科さんの服の色！　服の色にも、アトリビュートがあるって、前に言ってたわよ、ね？」

語尾を小さくしながら、香純は上目づかいで聡の驚く顔を見る。

やがて、驚愕《きょうがく》の表情から無表情へと戻りつつ、聡は口を開いた。

「アトリビュートは歴史画などにおける、その人物の特定や役割を示すシンボルですね。聖母マリアは青と赤。そして、マグダラのマリアは緑の衣服や朱色のマント。たしかに以前、説明しましたね。――俺も、香純さんの意見に同感です。高科さんの黒いコートはアトリビュートだと感じました。佐々池さんの話を聞いていて、いまでも高科さんは喪に服しているのではないかと。だから、彼の時間を止めている原因は、やはりそこにある気がします」

聡は、香純へまっすぐに視線を向ける。

「高科さんと千晶先輩のあいだには、なにかあったのかもしれない。そうなると、真実を知っているのは、たぶん、そのふたりだけになると思うんですよ。香純さん、それを高科さんに聞く覚悟がありますか？　いままで見ていた彼の別の面を見ることになるかもしれませんし、それによって、いい方向にも悪い方向にも、高科さんは変わっていくかもしれませんよ」

驚いた表情になる香純へ、聡は畳みかけた。

「そして、高科さんと香純さんの関係も変わるかもしれませんね。——俺は、別にかまわないんです。高科さんがどう変わろうと、俺と高科さんの関係は変わらないと、自信を持って言えますから。その自信の理由は、男同士だからっていうのもあるかもしれませんが、俺自身に受けとめる覚悟があるからです」

聡の瞳の中に揺るぎない光を見た気がする香純は、ふいに納得する。

昨日、聡に指摘されたように、自分はなにも考えずに、その場の思いつきで行動しているようだ。しかし彼は、自分の行動に対して絶えず責任を持っているということなのだろう。

そのあたりは見習わなければならないことだろうが、香純には彼女なりのよいところがあるはずだ。先ほどでも聡が、香純と協力して、高科にとってよい方向へ導こうと告げたではないか。

香純は、聡へ向かって断言する。

「大丈夫。わたしも高科さんとの関係は変わらないと思う」

「意外な彼のちがう面を見ても？」

「え？　――っと、それは……」

そのちがう面による、と、香純はもごもごと口ごもる。

「本当に香純さんは正直ですね。――高科さんのそばにいる人は、正直で素直な人が一番いいかもしれませんね。高科さんも俺も、屈折した性格だと思うし」

それを聞いた香純は、思わず声にだしていた。

「だったら、高科さんも聡くんも、アナモルフォーズみたいなものなのね」

「え？」

不意を突かれたように、聡はちょっと目を見開く。

その表情が意外で、香純は、顔をほころばせながら言葉を続けた。

「ほら、アナモルフォーズ。さっき佐々池さんとの会話にもでてきた歪み絵よ。ふたりとも屈折した性格なんでしょ？　ほらぁ。歪んでいるところがそのままじゃない？」

無邪気に口にした香純へ、聡は納得したような表情を浮かべた。

それから聡は、香純がそれ以上の知識を持っていないと判断したらしく言葉を続ける。

「たしかに以前、トロンプ・ルイユ――トリックアートの話をしたときに、アナモルフォーズのことも簡単には説明しましたね。その技法で描かれた部分は正面から見ると、一見、絵が歪んでいるように感じるんです。なにが描かれているかさえわからない場合も多く、彎曲《わんきょく》していたり左右や上下で縮尺が狂っていたり。けれど、それは正しい絵をわざわざ歪めて描いているため、特定の角度から見るなど制作者の意図した見方をすると、その模様のようだった部分が意味を持った絵となって浮かびあがってくるんです」

それから、聡は声のトーンを落とした。

「香純さんのおっしゃるとおり、本当に高科さんは、アナモルフォーズみたいな人なのでしょうね。ある方向から眺めれば、本来の彼がきっと見える気がする。――そして、恋愛としての気持ちに応えなかったとしても、たぶん話の合った千晶先輩には、部活内で、素直な後輩としての彼の姿が見えていたんじゃないかな……」

その言葉を聞いて、香純もぼんやり考えた。

――もしかして千晶先輩が見ていたかもしれない高科さんの姿を、わたしも見ることができるだろうか。

次の日の夕方ごろ、香純は家路を急いでいた。呑気な大学二年生でも、必修科目はとらねばならないため、寄り道をせずとも帰りが遅い時間になるときもある。さすがにこんな日は、小学生の理子とは帰宅時間が重ならないようだ。

今日の香純は、少し服装を頑張ってみた。先日、高料のコートをどうこう言おうとしたときに、その矛先が自分へ向いたためだ。

決まったコーディネートとなるスーツを避けて、自分の手持ちのニットやサーキュラースカートを合わせてみた。さらに、季節を考慮した配色でベレー帽と靴。慣れないものだが、たまには女子力を意識しないと、聡や高料になにを言われるかわからない。

そんなことをつらつら考えながら、香純は、ぶらぶらと近所の道に入る角を曲がる。すると、思わぬ場面にでくわし、眉をひそめた。

どうにか顔の識別ができるくらいの距離で、ふたりの学生の姿を見つけた。

ひとりは、ここ最近よく行動をともにする聡だと、すぐに香純にはわかる。制服姿の彼は、民家の塀を背に、うつむき加減でじっと足もとの地面を見つめていた。

その聡の肩に片ひじを乗せ、意味ありげに耳もとへ顔を寄せてささやいている同じ制服を着た茶髪の男。その彼の様子が、香純には妙に気になった。

無表情で優等生然としている小柄な聡とは対照的に、その彼はかなり上背があり、浮かべている笑みからは、鈍感な香純でもわかるくらいに危険な気配がする。

あれは……、もしかしたら、カツアゲをされている図ではなかろうか？

そう思ったとたんに、香純は正義感に駆られた。

以前、結局危険人物ではなかったが、道で絡んできた高料を、聡に追っぱらってもらったことがある。ここは、ご近所さんとして、自分が彼を助けるべきではなかろうか。

そう考えた香純は、方法も持たずに本能の赴くままに、どかどかと大地を踏みしめて彼らへと近づいていった。

声をかけることができる距離まで近づき、鼻息荒く口を開こうとしたとき。——茶髪の学生が、香純の姿に気がついたようだ。前触れもなく、ふいに鋭い視線を香純へと向ける。

一瞬その目に怯んだ香純だったが、勇気をだして声をかけようとすると、ふたたび茶髪の彼は顔を寄せ、聡の耳もとでなにかをささやいた。そして、聡の肩を軽く叩くと身をひるがえし、通りの向こうへと歩きだした。

これは、自分の存在が、茶髪のカツアゲ学生を追いはらったことになるのだろうか。

そう考えた香純は、聡へ、大丈夫だったかと声をかけようとする。

その瞬間、香純へ視線を向けた聡は、呆れたような声をあげた。

「香純さん。花も恥じらう女子大生なんですから、もう少し優雅に歩いてきてくれませんか。努力がうかがえる、せっかくのコーデが泣きますよ」

「な……なによ?」

呆れてものが言えないと思いつつも、言われっぱなしのままではいられない香純は、聡へ文句を口にする。

「わたしがきたから追っぱらえたんじゃないの？　あなた、カツアゲされてたんでしょ？まったく世話の焼ける……」

「彼は、俺の親友ですよ？」

「――え」

「カツアゲって、なんのことですか。親友に対する名誉棄損ですね」

「えっとぉ……」

眼鏡のブリッジを指で押さえながらいつもと変わらない表情を浮かべる聡を見て、香純は、自分の早とちりだと気がついた。

彼の友人の見た目から先入観を持って決めつけてしまっただけで、実際にカツアゲをされている瞬間なんて香純は見ていない。

ここは素直に謝ってしまおうと思った香純は、すぐに頭をさげた。

「ごめんなさい！　てっきり絡まれてると思ったから……」

「もういいですよ。助けようとしてくれたんでしょ？」

そう言った聡は、ほっとした表情で顔をあげた香純へ向かって、大きなため息をついてみせた。

「でも、香純さんは、本当にあとさきを考えませんね。いまは俺の友人だったからよかったけれど、どこかで同じような場面を見かけても、次は飛びこんでいくような無茶をしないでくださいね」

「だって……。本当に絡まれていたら、あなたが危なかったじゃない……」

ぶちぶちと文句を続けた香純へ、聡は表情を変えずに言葉を続けた。

「俺は大丈夫ですよ。いまの彼とも、過去に殴り合いの喧嘩をしたことがありますが、こちらが全勝していますから」

「――はい？」

自分の聞きまちがいかと思って、香純はじっと聡の顔を見つめた。その眼鏡越しの瞳の奥に、ゆらりと危険な光が揺れた。それに気づいた香純は、たちまち凍りつく。

彼は、至って真面目な表情のまま告げた。

「香純さん、俺のこと、知っているようで、本当はよく知らないでしょ？」

「――あ」

ふと、それらの意味を理解した香純は、一気に蒼ざめる。

この高校生！　真面目な優等生のふりをして、本当は裏で不良を操っているタイプなのだ。それを、たしか――世間では裏番と呼ぶのではなかったか？

そんなことを考える香純の様子に、聡は平然と言葉を続けた。

「ああ。香純さんがなにを考えているのか、表情からだいたい想像がつきます。当たらずとも遠からずなので、否定はしませんけれど。年齢に関係なく、俺は香純さんよりも経験豊かな人生を送っているんですよ」

そして、無意識にあとずさる香純に向かって、聡は眼光そのままに、ゆっくりと口もとに笑みを浮かべてみせた。

「香純さんは、俺に対する印象が、いままでと変わりましたか？　いままでと同じような付きあいや関係が続けられますか？　そして、——これから高科さんのちがう面を見たとしたら、香純さんは、自分がどうふるまうと思いますか？」

その言葉に香純は、いまの自分の態度に気づかされる。その香純の様子を見つめて、聡は畳みかけた。

「だから、高科さんの別の顔なんて、本当は知らないままのほうがいいですよ。俺に対しても、高科さんに対しても。わざわざ相手が話さないテリトリーに踏みこまず、このまま表面上の友好を保って、楽しいお付き合いをすればいいじゃないですか」

そう告げた聡に、香純はなぜか、急に怒りが湧いてきた。怒りという感情は、ちょっとした恐怖くらい上回る。指を突きつけて、香純は叫んだ。

「わたしは、あなたの裏の顔を見てビビってんじゃないのよ！　自分は人とちがうんだという、そういうところをひけらかして、相手を見くだしたような気持ちで他人と距離をおこうっていう、そのマイナスな根性に呆れているの！」

突然の香純の反撃に、聡は気圧《けお》されたように目を見開いた。

「聡くん、あなた、人との付きあい方がよくわからない、友だちが少ないって？　ちがうのよ、あなたが他人をわかろうとしていないんでしょ！」

一気に口にした香純は、大きく肩で息をする。そして、ちょっと興奮がおさまったのか、やや落ちついた声で続けた。

「聡くんは、いつもわたしをばかにしながらでも、いろいろ助けてくれるじゃない？　わたしは、感謝しているのよ？　だけど、聡くんが、そんな風に他人から距離をおこうとしていたら、なにかあったとき、わたしが助けてあげられないじゃない」

香純にとっては、聡は近所に住む年下の生意気な高校生だ。そして、助けてほしいときには手と頭脳を貸してくれる、意外と頼れる少年でもある。

簡単なことだ。聡の別の一面を知ったところで、自分は変わらない。

香純は昨日、聡から同じようなことを聞かれたときに、はっきりと口にできなかった言葉を、いまは自信を持って告げられると感じた。

「だから聡くんだけじゃなくて、わたしは高科さんのことを知りたいし、わたしができることがあったら、助けたいの」

「ありがとうございます」

ふいに、聡の口から思いがけない言葉を聞いた気がして、香純は驚いた。聡は、ちょっと視線をそらせて言葉を続ける。

「でも、俺が香純さんに助けをもとめるなんてことがあったら、それはもう、ほとんど助かる見込みがない状況なんじゃないかな、と思いますけれど」

「なによそれ、ひどい！」

香純は、プイッと聡に背を向けて歩きだす。その後ろを、聡はついて歩きだしながら、小さく口にした。

「本当に、そんなことを言ってくれる香純さんに、感謝しているんですよ」

香純は歩きながら、もう怒っていない口調で、聡に語りかけた。

「聡くんとの関係は変わらないよ。だって、はじめて口を利いたときから言い争いばっかりだったじゃない？　それに、高科さんのどんな面を見ても、変わらないと思う。いまの高科さんを作っているのは、これまで体験してきた過去だろうし、その過去がなければ、いまの高科さんはいないもの」

そう言って香純が振り向くと、聡は、少し考えるように小首をかしげてみせてから、おもむろに口を開いた。

「それはよかったです。ぼんやりと毎日を過ごされている能天気な香純さんでも、さすがに人生や人間関係を考えるよい経験になっているみたいで」

「なんですって？」

無意識にこぶしをあげて、キッと睨みつけた香純をなだめるように、彼は両手をあげて防御する。そして、さりげなく言葉を続けた。

「先ほどの俺の友人は、顔の広さがピカイチなのですよ。昨夜から彼に頼んでいたので、情報網をたぐって久保先輩の卒業後の足取りがつかめました。いまは日本に戻ってきていて仕事をされているみたいですよ。隣県にお住まいのようです。ここからだと車で二時間ほどでしょうか」

思わぬ情報を聞かされ、香純は、こぶしを振りあげたまま硬直する。そんな香純へ、聡はにこやかに言葉を続けた。

「で、どうします？　下準備は俺がしますよ。香純さんは、高科さんをデートにでも誘って話しあいますか？　鍵となる写真のでどころや想いなど、これ以上の真実は、たぶん当人から聞かなきゃわからないと思います。彼の時間を動かすのは、覚悟を決めた香純さんの役目ではないでしょうか」

◇◇◇

週末は空一面に青が広がる晴天だったが、少し風のきつい一日となりそうな気配がした。

高科の運転する車の助手席に、正座をしかねない緊張の面持ちで、香純は腰をおろしている。

「香純ちゃんからのお誘いは嬉しいね。絵画の納入も終わって仕事も一段落ついたところだから、ちょうど遊びに行きたい心境だったし」

朗らかな声音でそう口にした高科は、安定したハンドルさばきで車を走らせていた。

「そうですね。高科さんには短いドライブの運転で申しわけないですけれど」

「いやいや。車好きに運転は、そんなに負担じゃないからね」

鼻歌でも歌いだしそうな感じで、高科は後部座席の聡へ返事をした。

そんな高科へかすかな笑みを向けてから、すぐに聡は、ちょっと不満そうな表情へと変化させる。助手席の背もたれを、後ろから突っついて揺さぶった。

ムッとした顔になった香純が、高科の運転を邪魔しないようにと窓側から振り向く。すると、聡は小声で毒づいた。

「なんで俺まで付きあわされるんですかね。香純さんが高科さんを、ふたりだけのデートに誘う予定でしたよね？」

「だって」

香純は、唇を尖らせてみせる。

一応そのつもりで聡を巻きこみ、昨日は着ていく服までチェックして用意をしていたのだ。なんで俺がとつぶやきながらも、しぶしぶ付きあっていた聡だったが。

直前で、男性とふたりきりになるという状況、初デートもどきに怖気づいた香純が、聡についてきてくれと泣きついたのだ。

こそこそとしたふたりの様子に気づいた高科は、苦笑いを浮かべて話を振ってきた。

「で？　今日のドライブの目的はなんだい？」

高科の質問に、すばやく聡が返事をした。

「香純さんが、高科さんの個人的なことをいろいろと知りたいそうです」

「聡くん！」

慌てて止めようとする香純だが、振り向いても後部座席にいる聡に手は届かず、彼の口はふさげなかった。

さすがに羞恥から真っ赤に頬を染めた香純へ、高科は、大きな口を開けて軽やかに笑い飛ばした。

「香純ちゃんの年齢からすれば、俺は充分おじさんだよな。そんなおじさんの、なにが聞きたいのかな」

そう聞き返されて、香純は視線をさまよわせる。

やがて、小さな声で質問した。

「高科さんは、なんで髭をはやしているの？」

「――それはだな。ただ、似合うんじゃないかなと思ったからだ」

「なんでいつも、黒いコートを着ているの？」

「――ああ、なんだ？　赤ずきんちゃんとオオカミの会話みたいだな」

そのまま笑い声を立てた高科が、なし崩しに答えをはぐらかす気配がしたらしく、聡が後ろから声をかけた。

「高科さん、その返事はなんですか？」

「なんだ？　聡まで。ああ、えっと。真面目に答えるとだな。気分、かな？」

「それのどこが真面目なんですかぁ？」

拗ねたような声をあげながら、香純は高科を睨みつける。

「いや。本当にそうなんだよな。上に羽織る服を買おうと思っても、結局選んでしまうのが黒ってだけで」

苦笑いを浮かべながら、高科がそう答えると、ふいに香純は息を大きく吸う。そして、続けて口を開いた。

「それじゃあ、――グローブボックスの中の写真の絵画、描いたのは誰なんですか？　もしかして、千晶先輩なんですか？」

そのとたんに、高科は車のハンドルをきりながらブレーキを踏んだ。シートベルトをしていたおかげで車内で体をぶつけることはなかったが、反動で揺さぶられて、香純は大きな悲鳴をあげる。

車が道路の端に寄って停まると、後続の車が避けるように追い抜かしていった。

「ちょっと！　高科さん……」

「まったく。きみたちは、どこまで知っているんだか……」

車の窓枠に右ひじを置き、その手のひらで額を覆いながらつぶやいた高科へ、こちらは両腕をあげて頭を衝撃からガードしていた聡が告げた。

「憶測も含めてですが、たぶん俺のほうは、ほぼ把握しています。ただ、香純さんのほうは、高科さんの口から真実を聞きたいと願っていますよ」

「――マジですか……」

額を押さえたまま、高科はそう言うと、考えこむように瞳を閉じた。

「――写真に写っている油彩は、千晶先輩が描いた自画像だよ」

そう告げたあと、どう言葉を続けたらいいのかわからないように、ふたたび高科は黙りこんだ。そろそろ車内の重苦しさに耐えられなくなった香純は、妙案を思いつく。

自分の気持ちを口にしようとするから、難しいのだ。だったら、第三者が語るように話せば、口にしやすいのかもしれない。

「ねえ、高科さん。千晶先輩って、美術部で一緒だったんでしょう？　どんな方だったんですか？　優しい人だったのかなあ」

その流れがわかったのか、聡は香純へ、ちらりと流し目を送る。それから、彼もねだるように声をあげた。

「俺も聞きたいですね。予想ではきっと、香純さんとは正反対のおしとやかな方ではないかと」

「ちょっと。それ、どういう意味？」

ムッとしながら振り返る香純とすました表情の聡を見て、高科は小さな笑い声を立てる。はっとした香純へ、高科はいつもの笑みを、ニヤリとしてみせた。

「学生のきみたちに心配されていたら、社会人としては立つ瀬がないな。――千晶先輩は、優しい先輩だったね。誰に対しても、わけへだてなく接してきた副部長だった。おとなしいというより、どちらかといえば素朴で不器用な人って言葉が合うかな。とにかく真面目な人でね」

「絵の印象からして、愛らしい方でしたよね。美術部でもマドンナ的な人だったのかな」

香純の言葉に高科は、車の窓を全開にしてからエンジンを切った。そして、窓の外の空遠くへ視線を向ける。吹きこんでくる強い風を、楽しむように頬にあてた。

「部活内では油彩組と漫画組、あと、俺のように絵は好きだが描かずになんとなくいる、まあ、いわゆる幽霊部員のようなグループに分かれていたな。部活動は、油彩組が中心になって運営されていた。千晶先輩は油彩組で、風景画を好んで静かに描いていた」

「高科さんは部活内で、作品をひとつも描いていないんですか？」

香純の問いに、高科は、照れたように頭を掻いた。

「ひとつもってこたぁないが、俺は創作意欲がなくてね。普段から他人の絵を、ああだこうだと批評めいたことを言っているような、部活内ではひどく感じが悪い野郎だったんだよ。だから、描けば今度は自分が酷評されると思って、部では描けなくなっていたね。いまの俺が振り返ってみても、当時の自分は鼻持ちならない部員だと思うよ」

そう告げると、高科は苦笑いを浮かべる。

「でも、そんな俺にも気を配って声をかけてくれていたのが、千晶先輩だったね。俺が入部してから二年間ほど、懲りもせずに俺との議論を面白そうに相手をしてくれたのは、千晶先輩だけだったなあ。だから、千晶先輩と親しかった部長の久保先輩に、俺は睨まれていたんじゃないかね」

佐々池から聞いていた久保の名前がでてきたため、香純は、わざわざ探して話を振る必要がなくなって、ほっとする。

そのために、黙って聞き役となっている香純へ、高科は話を続けた。

「千晶先輩は、俺が入部する前から久保先輩といい雰囲気だったが、付きあってはいなかったらしい。だが、三年の三学期だから、もう美術部を引退していた久保先輩が、わざわざ千晶先輩を美術室まで呼びだしてね。俺たち下級生の目の前で、当時部内ではやりだった絵にメッセージをつけて贈るという遊びに便乗して告白をしたんだ」

「もともといい雰囲気だったのなら、千晶先輩、嬉しかっただろうなあ。――あ、その、千晶先輩に憧れていた高科さんの心境としては、素直に祝福できないですよね……」

うっかり声をあげてしまった香純は、慌てて言いなおそうとするが、高科は風に目を眇めてみせた。

「いや、どうだったのかなあ……。千晶先輩が幸せになることは嬉しいことだったはずだし。まあ、恋愛感情だったか尊敬の念だったかわからんが、俺の中で面白く思っていない部分も当然あった。だが、自分が名乗りをあげるほどの度胸もなくてね。結局、見ているだけだった。それに」

言葉を区切ると、高科は少し真面目な表情で続けた。

「千晶先輩は、その場で久保先輩を怒ったんだ。下級生も見ていたし、恥ずかしさがあったんだろうな。受け取りはしたが、そのまま怒って美術室を飛びだしていった。三年は引退していたから、そのあとはしばらく話題にのぼることもあったけれど、誰も詳しいその後の状況を知らなくてね。そんなときに、千晶先輩が、急に部活へ姿を見せるようになった」

「千晶先輩だけ？」

「そう。推薦で進学先が決まっていた千晶先輩は、返事を描かないとねと言って、部に顔をだすようになったんだ。普段から優しい先輩だが、その絵を描いているときだけは、妙に怒ったような難しい表情をしていたね。制作過程は誰も見せてもらえず、ひとりで黙々と描いていた。――千晶先輩から見せてもらったのは、たぶん俺が最初で最後、偶然みたいなものだったんだ」

　ふいに、香純は、話がとても重要なところへさしかかっていることに気がついた。

　ここからは、高科と千晶のふたりだけしか知らない、ほかの誰も知らない、秘密のやりとりのはずだ。

　香純は、不自然にならないように声をだす。

「高科さんだけに、ですか？」

「そう。でも、特別な意味があるわけじゃない。以前から俺と千晶先輩は、絵画の批評や技法なんかを議論していたから、その延長だったんだろう。絵が完成したという千晶先輩は、たまたま部室にひとりだけ残っていた俺に、絵を披露してくれたんだ。そうだな、あれは照れ隠しもあったんだろうが、妙に挑むような表情だった。俺に向かって口にした言葉は『絵の中にこめたメッセージがわかる？』だったかな」

　そう続けた高科は、片手で髪をくしゃりと掻きあげた。

「俺は、千晶先輩が絵を受け取ったときに怒りはしたが、実際の返事はイエスで贈るのだろうと考えながら、絵を観た。だが、絵にはまだ文字が書きこまれておらず、千晶先輩の

――あの写真に写っていた状態の絵だったんだ。俺は、わかるわけがないと返事をした。すると、千晶先輩は笑顔を見せて告げた。『いままで部活内で議論してきた仲なんだから、そのときの知識を総動員して、メッセージの謎を解きなさい』とな」

高科は、ふいに自嘲めいた笑みを口もとへ浮かべる。

「結局その場でわからなかった俺は、先輩を置いて、さっさと学校をあとにした。じっくりと絵を観て謎を解くなんてことができなかったんだな。ほかの男へ承諾の返事として渡す絵だったから、冷静に観る心理状態でもなかったんだ。その代わり、俺は使い捨てカメラを持って、すぐに学校へ引き返した。そして、先輩が帰ったあとの誰もいない美術室で、俺はひとりで先輩の絵を隠し撮りしたんだ」

香純は、あっという表情になった。

大学の絵画展での事件を思いだす。

あのときの高科は、絵を最後に見た日のことや、「盗み写した」という言葉に反応していた……。

「次の日、千晶先輩は事故に遭った。一緒に失われてしまった絵の謎は、結局解けないいまだ。――写真が手に入っても、俺は見ることができなかった。隠し撮りからくる罪悪感がある。千晶先輩が絵画にこめた気持ちを、俺が代わりに久保先輩へ伝え損ねた後ろめたさもある。一番の理由は、千晶先輩に対して謎が解けなかった自分への憤りかな……。写真の絵を、あれからまともに観ることもできず、俺は、ずっと持っているだけなんだ」

これで、話は全部だと言いたげに、高料は、助手席に座る香純と後部座席の聡へ顔を向けた。これまでと同じような笑みを、高料は、ニッと見せる。

そんな高料へ向かって、香純は、ぽろりとつぶやいた。

「——きっと、それから高料さんの時間が、止まったままなんですね」

「え？」

わざとなのか、大げさに高料は、香純へ驚いてみせる。

「おいおい、香純ちゃん。俺の時間が止まっているように見えるのかい？　ちゃんと動いていますよ」

「高料さん、ずっと、千晶先輩のことが気にかかっているんでしょ？　高料さんがちがうっていっても、わたしにはそう思えるんです。小さなとげは、そんなに気にならないものでも、ふとした瞬間に思いだしてチクッってする感じ……。ねえ、高料さん、気になるとげを、いっそのこと抜いちゃいませんか？」

「とげ、ねぇ」

高料は、運転席の背にもたれて目をつむる。

その様子から、ふと、香純は不安になった。

——もしかしたら、高料さんは、そんなに過去を気にしていなくて、ただわたしが大げさに騒いでいるだけだったのでは？　千晶先輩のことは、高料さんの学生時代の想い出として完結していたのかも……。だったら、わたしは高料さんの過去の傷を無理やり見つけだして、そのうえに新しい傷をつけちゃっているんじゃない？

もし、そうだとしたら、聡くんが危惧していたとおり、あとさきを考えないわたしの暴走ってことになっちゃうのでは……。

蒼ざめながらも香純は、じっと高科の言葉を待った。

すると、おもむろに高科が、口を開く。

「以前、年齢のとり方について話をしたことがあったよなあ。ただ放っていても自動的に重ねる年ではなくて、自分を磨きながら年齢を重ねたいって」

「ありましたね。色気のあるマダムと女子力のない大学生の話をしたときでしたっけ」

いままで沈黙していた聡が、すぐに反応して返事をした。

「ちょっと、聡くん？　あなた、わたしに喧嘩を売ってる？」

状況を忘れて聡に眉をつりあげた香純へ向かって、とたんに高科が笑い声を立てた。それから、静かな声音になって高科は続ける。

「俺も、人生の途中で立ち止まっていちゃいけないなあ。香純ちゃんに指摘されるまで、見て見ぬふりをしていた自分が恥ずかしいやら悲しいやら。これじゃあ、ひと回り以上も年下になった千晶先輩にも笑われちゃうよな」

「好きな人がいなくなって、それを悲しむ人を、わたしは弱いと思わないです」

勢いづいて、うっかり思ったことがぽろぽろ口からこぼれでる香純を、高科は笑顔で受けとめた。

「その当時は、うまく伝えられる言葉が、俺にはなかったんだな。ほら、俺って格好つけの天邪鬼《あまのじゃく》だろう？　すぐに真面目な話を混ぜっ返すし。この性格は昔から変わらんな」

　そう言いながら、高科はニヤリとして、香純へ片目を閉じてみせた。

　聡が、ふいに小さな声で高科へ告げる。

「俺も、自分がひねくれた性格だってわかっています。歪んでいることを知っている。高科さんも、まっすぐ想いを伝えられない部分が似ていますよね。この千晶先輩も、きっと絵をもらったときに、後輩の手前で恥ずかしさから怒ってしまったことを、後悔したんだと思いますよ。だから、普段は参加していなかった遊び――絵にメッセージをこめるという媒体を使って、告白相手の久保先輩に、自分の素直な気持ちを伝えようとしたんじゃないですか？」

「だが、結局、絵は久保先輩の手に渡らなくて、千晶先輩の想いは最後まで届かなかったがな」

　そうつぶやいた高科へ、なにかを思いついた表情になった香純が、ずいっと体を近づけた。気迫を感じたのか、運転席で高科が仰《の》け反る体勢になるが、そんなことに気づかない香純は大きな声で叫ぶ。

「高科さん！　千晶先輩の返事は、久保先輩には届いていないんですよね？　だったら、唯一、千晶先輩の絵を見た高科さんが代わりに、久保先輩へ告白の返事を伝えるなんてどうですか？」

「はあ？　なにを急に……」

「千晶先輩の絵の贋作を描いちゃいましょう！」

真顔で、香純は言い切った。

とたんに、高科はしかめっ面をしてみせる。

「そりゃ、いくらなんでもまずいだろう？　本人が描いた絵じゃないのに、想いを伝えるもなにも。それに、俺は自分でもわかっているが、それほど絵がうまいとは言い難い」

「でも、絵はちがっても、絵にこめようとした千晶先輩の想いは、伝えられるんじゃないですか？　高科さん、以前に言いましたよね？　強い想いは絵にこもるって。高科さんが千晶先輩の想いを、ひと筆、ひと筆、代わりに絵にこめていきましょう！　久保先輩も彼女の返事を聞いていないから、きっといまも、もやもやしているんじゃないかと思うんです。だから、高科さんも久保先輩も、千晶先輩の絵の受け渡しをして完結させて、すべてのとげを抜いちゃいましょうよ！」

迫力におされながらも、高科は言い返す。

「久保先輩か……。そりゃあ、千晶先輩の返事は聞いていないだろうが、いまでも気にしているかなあ。それより、俺に会うことのほうが嫌かもしれないぞ」

「久保先輩のほうも、もう十数年経っているんですから、懐かしむ余裕がある大人になっていると思いますよ」

聡が、香純の思いつきをあと押しするように声をはさんだ。珍しく聡も、香純のアイデアに乗り気の様子を見せる。

そんな聡に、高科は面食らったような表情を向けた。

するとと今度は、話が進みだしたとたんに自信がなくなってきたのか、香純が戸惑うように、声を小さくした。

「あ。あの……。言いだしっぺでなんだけど……。でも、いいのかなあ？　贋作ってわけじゃないけど、他人がラブレター代わりの絵を描き起こして渡すって……」

指をもじもじとさせながら、香純はちらりと聡をうかがう。あげておとされる可能性がある彼の突っ込みを、香純は警戒したようだ。

すると、聡は意外にも、あっさりと賛同する。

「大丈夫ですよ。ほら、昔から恋文には代筆がつきものですから」

「聡、きみは昭和の学生かね」

高科は苦笑しながら、真面目な顔をした聡へ返事をする。聡は、静かな声で続けた。

「本物か偽物かということが問題であれば、世間一般の評価や金銭的評価が変わるでしょう。でも、その絵が観る者へ伝える存在価値は、観る側の心が決めるものではないでしょうか。今回は個人が所有するものですし、決めるのは、筆を握る高科さんと、それを観る久保先輩だと思いますよ」

納得する表情になった高科だが、すぐに重大なことに気づいたように、残念そうな声をだした。

「しかしだな、写真の絵も完成されたとは言えないんだよな……。ほら。写真の絵には、メッセージが描かれていなかっただろう？　おそらく千晶先輩は、土曜日に持ちだす直前にメッセージを入れて、それから持っていこうとしていたんだ。俺が写真を撮ったのは、そのメッセージが入る前だったってことだ。そうなると、完全に千晶先輩の絵を再現できないんじゃないか？」

「え？　でも、高科さん。千晶先輩はメッセージを入れてあるって言ったんでしょ？　それを解けって」

「だが、実際には文字なんてなかった。絵の雰囲気や表情から推測しろって意味だったのなら、レオナルド・ダ・ヴィンチの『モナ・リザ』の微笑みと同様で、ただの憶測であって正しい意味は伝わらない」

　すると、高科と香純の会話を聞いていた聡が、小首をかしげながら言った。

「高科さん。あらためて写真の絵、俺が見てもいいですか？」

「――ああ」

　高科は、グローブボックスへ手をのばすと、写真をとりだした。ろくに写真を見ずに、後ろの聡へひらりと向ける。

　聡は、その写真を受け取ると、じっと見つめながら言葉を続けた。

「高科さん。部活内では千晶先輩と、どんな会話をしていたんですか？　たとえば、どのようなテーマについて討論したとか。ヒントは、その会話の中かもしれないので」

「ああ？　ええっと。二年間もあれば、いろいろ話したよな。全部は思いだせないが、そうだな。よく話題にしたのは、ピカソとブラックのキュビスムや、デューラーの緻密な描写画。あとバロック期の画家の話題や……」

顎鬚をなでつつ高科は、一生懸命思いだすように顔をしかめる。その口から次々と飛びだす単語は、香純が聞いていても、なんのことだかさっぱりわからない。

だが、聡はそれにうなずきながら、しばらく写真を見つめていた。

やがて、高科の言葉がとぎれたとき、聡は、ぽつりと口にする。

「俺は、この千晶先輩って、感情のストレートなわかりやすい方だと思っていたんですが。どうも、ちがう気がするんですよ」

「どこが、どうちがうの？」

香純が、怪訝そうな表情になって聡へ聞く。聡はじっと写真を見つめたまま、言葉を続けた。

「日常生活では素直な先輩。だが、恋愛や遊びに関しては素直になれず、高科さんと同じくらいに不器用な性格。部員の目を気にして、異性と会話をする照れや、副部長という部内での立場から体裁を考えて、言いたいことをなかなか口にできないタイプ。――そう考えると、全てにおいて素直な性格の人間って、そうそういないですよね……。人間は皆、いろんな面を持っているし、いろんな角度から……」

消え入るように語尾を小さくしながら、聡は、食い入るように写真を見つめ続ける。そんな聡を、香純は助手席から振り返って眺めた。

その瞬間。

「あ！　――天使……？」

「え？」

「それ！　聡くんが持っている写真！　わたしのところから、羽がある天使が見える！」

香純は、聡が手にしている写真を指さしながら叫んだ。

高科と聡は、同時に驚いた表情を浮かべる。そして、すぐに香純の言葉の意味を察した聡は、写真を目の高さに持ちあげて回転させながら、目を眇めた。

やがて、息をひそめて見守る香純と高科へ、聡は告げる。

「メッセージ、見つけました。やっぱり、この写真が撮られたときには、もうメッセージが入れられていたんですよ。高科さん」

聡は、香純と高科へ向かって、薄っすらと口もとへ笑みを浮かべた。

「香純さん、ナイスです。この絵には字で書いているんじゃなくて、絵でメッセージが描かれていたんですよ。愛の女神ヴィーナスのアトリビュートとなる、クピドの絵が」

聡の言葉に、呆気にとられて声もでない高科の代わりに、香純が大声をあげた。

「え？　やっぱり？　――って、クピドってなによ」

「英語読みではキューピッドです。背中に羽をもち恋の弓矢を手にした幼児の姿で描かれることが多いです。この絵は、アトリビュートとアナモルフォーズの両方が使われているんですよ」

「え？　その絵全体が、歪み絵ってこと？」

「人物のうしろの背景が、アナモルフォーズになっているんですよ。墨の濃淡で、背景に弓矢をかまえて飛んでいるクピドが描かれています。正面から一見してわかるものじゃないから、あまり実物の絵や写真を観察しなかった高科さんには、わからなかったんだと思います。斜め左上からの向きで見ると、ぼんやりとですがクピドが浮きあがってきます」

「あ！」

聡から手渡され、改めて香純は指示された角度から、じっと写真の中の絵を見つめた。

そして、彼女は感嘆の声をあげる。

正面から見ると、千晶の自画像を普通に観ることができる。だが、斜め左上からのぞくと、自画像が歪んで見える代わりに、新たな絵が浮かびあがった。それは、香純が先ほど偶然に見えた、恋の弓矢をかまえるキューピッドの姿……。

見えた見えたと歓声をあげる香純の様子を見つめながら、高科はぽつりと声をだす。

「――そうか。千晶先輩はもう、メッセージを入れていたんだな……」

そんな高科へ、聡が声をかけた。

「やりましょうよ、高科さん。背景の濃淡の意味がアナモルフォーズだとわかれば、俺が写真をもとに構図から人物まで、忠実に再現しながら下描きすることができます。ただ、筆のタッチなどは、実際に彼女の絵を目にした高科さんにしかできないから、色を乗せていってください。彼女の想いとともに、絵に魂を吹きこみ、その想いを届けましょうよ」

「しかし、聡に下描きができるのか？　この写真をもとにしても、小さくて見えにくいと思うんだが……」

「聡くん、すっごく線描きが上手だったのよ！　わたし、びっくりしちゃった！」

調子づいた香純は、横から声をあげる。

そして、彼女はきらきらと瞳を輝かせ、テンションをあげたまま高科に有無を言わせぬ勢いで、彼を刻《とき》の波間から引っぱりあげると、思いきり背中を押した。

「高科さん！　いまから千晶先輩の想い、描きましょう！」


香純に誘導されるままに車をUターンさせると、高科は、香純たちの住む地域のほうへと車を走らせる。やがて住宅街からはずれた、会社などが軒を並べる地域へと入っていくと、そのはずれにある大きな倉庫の前で車を停めた。

車からおりた高科が、倉庫のシャッターを開ける。その姿を見ながら、香純は聡とともに車をおりた。倉庫に入っていく高科のあとに続いて中へ足を踏み入れた香純は、見わたしながら思わず声をあげる。

「広い！　もしかして高科さんって、ここを駐車場代わりに借りているとか？」

電気をつけると、生活用品というよりは、車や絵画に必要な道具や工具などと思しきものが、あちらこちらに見受けられる。

「車を置いているだけじゃなくて、寝泊まりまでしているね。絵の修復などもここでやっているよ」

倉庫内をぐるりと歩きながら、高科は窓を開けてまわった。

「絵によっては環境がよくない気がしますよね。保管は別のところですか？」

「ああ。温度湿度の管理が必要な絵は、実家で専用の場所を確保しているよ。たいてい、すぐに依頼主のところへ絵を運ぶから、そんなに保管をしていないが」

返事をした高科は、油彩の一式が置かれているところで立ち止まり、聡へ振り返った。

「で、本当にやるのかね？」

「やりますよ。ねえ、香純さん」

聡は、香純へ向かって同意を促す。香純がうなずくと、高科は、あきらめたようにため息をついて用意をはじめた。棚に置かれていた木箱を引っぱりだす。

ふたを開けて、油絵の具の状態の確認をはじめた高科へ、聡が声をかける。

「写真ではわかりにくかったんですが、千晶先輩のキャンバスの大きさは、どのくらいでしたか？」

「そうだな……。F二〇号くらいかな。手持ちであるから、それを使うか」

「人物型の七二七×六〇六ですか。だったら『モナ・リザ』と同じくらいのサイズですね」

高科と聡が、額を突き合わせて打ち合わせをする。こうなってくると香純は、これからしばらくは、自分のやることがない気がした。

倉庫内を眺めつつ、両腕をぶらぶらさせながら手持無沙汰のそぶりをみせた香純へ、気がついたらしい聡が顔をあげた。

「あ、香純さん。お願いがあります」

「え、はい！　なに？」

挙手までしながら喜び勇んで返事をした香純に、聡は苦笑を浮かべて言い放った。

「香純さんは買いだし係。まずは三人分の昼食を手に入れてきてもらいたいです。あと、いくつか油絵の具など買い足したいものもあるので、いまからリストを作りますね」

◇◇◇

絵の制作を思いついてから一週間後、今度は朝から片道二時間ほどかけてのドライブとなった。

午前中に、目的地となる久保の家に到着する。前日の夕方に、絵が完成したすぐその場で、調べてあった電話番号へ訪問することだけを告げていた。

いまは、高料だけが絵を持って久保の家を訪ね、入っていった。久保の家は静かな住宅街の中にある、小さな庭がついた一戸建てだった。庭の壁際には、青い三輪車が置いてある。

久保宅の見える路肩に停めた車の助手席から久保の家を眺めながらも、すっかり夏の陽射しとなった太陽を避けようと、香純は窓から離れるように身をずらした。

そして、久保にはもう家庭があるんだと、香純はぼんやりと考えながら声にだす。

「本当に、これでよかったのかな……」

「なにがですか？」

小さな声に反応して、後部座席にいた聡が顔をあげた。

香純は、窓の外を見つめながら、言葉を続ける。

「本当に、高科さんにとってよかったのかなって……。無理やりけしかけたんじゃないかなって、ずっと気になっていて」

「香純さんは、とげみたいなものって言っていましたが、今回の件は高科さんにとって、見えない場所にあったとげだと思うんですよね。なでると指に触れて、あることはわかっているのに、自分では見ることも抜くこともできないところにあるような」

聡は、そこまで口にすると、ふいに静かな声になる。

「写真を持っていることによって、高科さんはずっと想い出の中にいた、美術室でキャンバスに向かっていた千晶先輩の姿を見ていたんだと思いますよ。それを、実際に絵に描き切ることで、一歩を踏みだした。思いきって、香純さんがとげを抜いてあげてよかったと思います」

聡の声は小さかったが、自信に満ちた口調だった。

「まあ、とげの抜き方が少々荒っぽい気もしたんですけれど」

ぼそっと続けた聡の言葉に、香純はピクリと反応しながらも、先に結果を肯定してもらったことだしと、素知らぬ顔をして聞きながす。

「それにしても、完成した絵画の千晶先輩、とてもすてきに描けましたね。とくに、仕上がったあとにピンクのチークをのせる香純さんのアイデアなんて、女性ならではの感性がすばらしかったです」

「それは……」

ふいに聡からかけられた褒め言葉に驚きつつ、香純は照れた顔になる。頬を赤らめて口を開いた。

「だって、ほら、もともと使い捨てカメラで撮った写真だし、時間が経っているから色もあせてるんじゃないかって気がしたの。たぶん千晶先輩も、きれいな自分を見せたいんじゃないか、って思うのよ」

はにかみながら口にした香純へ、聡がさらりと言葉を続けた。

「どうしてその女子力が、ご自身に反映されないのか、非常に謎ですけれどね」

「ちょっと！　それひどくない？」

ムッとした表情を見せつつも、発案に対しては評価されたと感じた香純は機嫌を損ねることもなく、聡へ向かって話題を変える。

「そんな聡くんもすごいわよね。アナモルフォーズの下絵！　あんな風に描くんだ」

聡のほうは、表情を変えることなく返事をした。

「アナモルフォーズは、遠近法に基づいた作画法なんですよ。遠近法で描かれた絵は、遠くが小さくなっていって、すべての線がその先にある消点に集中します。対してアナモルフォーズは、こちら側に消点があり、そこから離れるほどに描かれる線は長くなり面は広がります。いまはパソコンの時代だから、もとになる絵をとりこみボタンをひとつ押すだけで、アナモルフォーズの展開図はでるでしょうけれど。魂をこめて描くのであれば、当時の千晶先輩と同じ方法をとって手描きすべきだろうと思ったので」

「それでも、すごいわよ」

香純がそう言うと、聡がそっと口にした。

「香純さんの提案のおかげですね。久保先輩へ渡しに行くまでもなく、絵を描いた時点で、高科さんの時間が動きだした気がします」

「え？　そう？　本当？」

驚いた香純は、変に大きな声になりかけた自分の口もとを、慌てて手のひらで押さえこむ。そんな香純へ、聡は言葉を続けた。

「はい。以前の高科さんは、ずっと持ち続けていた写真の絵を、見ることもできなかったと言っていましたよね。でも、高科さん自身の手でキャンバスに描いていく千晶先輩は、しっかりと見つめることができています。絵を描くことで想いが昇華されて、囚われていた過去から抜けだしたんだと思いますよ。そのきっかけを、香純さんが作ったんです」

「そうかな」

「そうですよ」

——本当に、そうだったらいいな……。

香純はそう思いながら、希望に満ちた視線を、高科のいる久保の家へと向けた。

「まあ、高科さんも、大変な人に借りを作っちゃったなと、内心嘆いているかもしれませんけれどね」

「もう！　なんで聡くんは、そういちいち余計なことを言ってまぜっかえすのかなぁ？」

むきになって身を乗りだしてくる香純へ、聡はすました様子でたしなめる。

「香純さん、そんなことを気にしていないで、ほら、久保さんの奥さんが帰ってこないかどうか見張ってくださいよ」

そんな聡を睨みつけながら、香純は渋々座りなおした。

「そうだよね。高科さんが絵を届ける理由が、昔の彼女のことだものね。結婚もして子どももいるみたいだし。いまの奥さんとしては、過去のこととは言っても、いい気がしないものね」

それから、背もたれに体をあずけると両腕をあげて、香純は大きく伸びをした。

「でも、いま奥さんが帰ってきたらどうするわけ？　わたしが、先回りして久保先輩の家の中にいる高科さんへ伝えにいくの？」

「そのときは、ここから高科さんの携帯に電話すりゃいいじゃないですか」

「あ、そうか」

見張ると言いながらも、全然窓の外に注意を払っていない聡に気づき、香純は真面目な顔になって口を開く。

「ちょっと。聡くんもちゃんと見張ってよ！　道路は、前と後ろの両方があるんだから。でもさ。いまさら告白の返事が届けられたからって、久保先輩、困らないかな？　奥さんだって、焼きもちを焼かないかしら？　高科さんの持ってくる絵は、迷惑じゃなかったかなあ……」

心配そうな表情の香純へ、ようやく顔をあげた聡は、無表情ながらも声をかける。

「大丈夫ですよ。相手の方は喜んでくれます。学生時代に、ほのかな好意を持っていた同級生の想い出の絵画だってだけであって、久保先輩は、高科さんよりも素直に想いを受け取ってくれますよ」

その断言するような聡の口調に、なぜか香純は違和感を持つ。

無意識に彼女は、眉間へしわを寄せた。

「それって、どういうこと？　なんで久保先輩のことをわかっているように言うのよ？　え？　——もしかして知り合い？」

訝しげな目つきで見る香純に、聡は、しれっと告げた。

「この俺が、高科さんの過去の想い出や心を傷つけるような、勝負の見えない危険な賭けをするわけがないでしょう？　久保先輩のところへは、あらかじめ俺だけ会いにいっていたんですよ。今回のことの事情説明を兼ねて、先方の現状を知るために」

「え？　え！」

香純は、思わず身を起こすと、つかみかからんばかりに聡へと叫ぶ。

「でも、それっておかしくない？　感動の場面が！」

「相手のいまの生活を壊さないかとか、高科さんの気持ちとか。事前に調べて根回ししたほうがいいと、俺が思ったからですよ」

不満そうな香純へ、ぱたんと地図帳を閉じた聡は、急に声のトーンを落とす。

「――去年ですけれどね。俺は、悲しい目に遭った友人に、慰めの言葉をかけることができなかったんです。気の利いた言葉を口にできない、不器用な性格ですから。過ぎてしまったことですが、いまでもそれを後悔しています。だから、香純さんの大学であった絵画展のとき、心から素直な感想を口にしている姿を見て、香純さんがうらやましくもあったし敬服もしました。――そんな俺に、まだまだ若いんだから、これから学んでいけばいいって言ってくれた人がいるんですよね。だから、次からは大切に思う知り合いには、はじめから悲しい目に遭わせないようにと決めたんです」

そこまで告げた聡は、ふいに口もとへ笑みを浮かべて続けた。

「そう俺に言ってくれた人が、いま付きあっている彼女なんですけれどね」

「え？　彼女がいるの？」

あまりの驚きに、いままでの不満や文句が、香純の頭から吹き飛んだ。

「いますよ。彼女。――あ、女子力の低い香純さんには、彼氏がいませんよね。のろけてすみません」

「聡くん！」

香純の顔は、みるみる赤く染まっていく。それは羞恥と怒りの両方だろう。威嚇するように右手をにぎりしめてこぶしを固めた香純へ、聡は笑みを浮かべたまま追い打ちをかけた。

「ねえ、香純さん。渋くて大人の高科さんが、青春時代の想いに囚われてるというあたりに、ギャップ萌えを感じたりしましたか？」

「え！　な？　なにを言ってんのよ！　聡くん？　ばかですかぁ？　年下のくせに生意気！」

「いや、高科さんと香純さんなら、俺はいいコンビだと思いますよ。仕事ができる渋い大人の高科さんと、可愛い系で直感力だけはある香純さん」

さりげなく褒め言葉を交えて香純の怒りをうまくそぎ落としながら、聡は、さらに言葉を重ねる。

「香純さん。高科さんにとって千晶先輩は、憧れの対象でした。対して、香純さんは高科さんを振り回す年下の女の子。それでいいじゃないですか。同じ土俵に立たないほうが、なにかと比べられなくていいですよ。とくに、亡くなっている方は時間とともに美化されていくものですから」

そこまで続けた聡に、興奮から冷めた香純は、笑いながら口を開いた。

「ないない！　聡くん、考え過ぎだって。そりゃあ、高科さんは、桃ちゃんも聡くんも言ってたみたいに、大人の渋さや魅力があるかもしれないなって思うよ？　好きな絵の仕事を自由にやっているところも夢があってすてきかもしれない。でも、わたしからすれば、やっぱり得体の知れない人って感じ。いくら聡くんがおススメしても、まだまだなにか隠してそうな高科さんに、気を許したりできないなあ」

だよね、と香純は考える。香純は、まだ彼の部分的な面しか見ていない。どちらにしても、もう少し彼という人物を知らないことには答えようがない気がする……。

そんな香純へ、とぼけた様子で聡が告げた。

「べつに、いいコンビだなと言っただけで、おススメをしたわけじゃないですよ。ただ香純さんの反応を面白がっているだけで」

「なんですって？　ちょっと、聡くん？」

「あ、高科さんが出てきましたよ」

今度こそつかみかかろうと身を乗りだした香純へ、聡が注意をそらすように声をあげる。

「ほら、しっかりとした足取りで、とくに殴りあいの喧嘩をしたような様子もなさそうですよ」

その言葉に、香純も窓の外へと目を向けた。

久保の家から姿を見せた高科は、飄々とした足取りで、こちらに向かってくる。

帽子とサングラスで表情は見えないが、きっといつものニヤニヤとした笑みを浮かべているんだろうなと、香純は思う。

そんな彼を見つめているうちに、無意識に香純はつぶやいた。

「あ、いいこと、思いついちゃったかも……」

エピローグ

「ちょっと。なんで連絡もなしにくるのかなぁ」

玄関のドアを開けた香純は、唇を尖らせると、ふたりを出迎える。

大学は夏休みに入ったばかりだ。さっそく寝過ごした香純は、十時を回ってから起きだすと、誰に見せるわけでもないと楽観して、記念品で配られたような広告の入ったTシャツに派手なピンクのショートパンツ姿。頭には、落ちてくる前髪がうっとうしいとばかりに茶色のヘアターバンまで巻いていた。その昼下がりに高料が、これもまた夏休み中の聡と連れだってやってきたのである。

高料の姿を見たとたんに、香純は慌ててヘアターバンをはずすと、髪型を整えながら睨みつける。そんな香純に、ふたりはにこやかな笑顔を浮かべてみせると、お邪魔しまぁすと言ってあがりこんだ。


これまでと同じように、香純の家の居間にあるダイニングテーブルの椅子に腰をおろす高料と聡を、香純は腕を組んで部屋の入り口にもたれ、じっと見つめる。

高料は今日もおなじみの黒いコートを、羽織らずに腕に掛けて持ってきていた。椅子の背に掛けるように無造作に置く。聡のほうは、シンプルな半袖のTシャツにジーンズ姿だ。

香純は、並んで腰を落ちつけたふたりへ、呆れた声をかけた。

「ちょっと、おふたりさん。うちを集会所かなにかと勘違いしてないかな？」

「いやいや」

「そんなことはないですよ」

口々にそう告げたあと、続けて彼らは香純に向かって言葉を投げる。

「あ、香純ちゃん。そろそろキリマンは用意してくれているよな。あれだけさりげなくねだったもんな」

「俺はキリマン以外で。さすがに覚えてくれていますよね」

香純はわざと、さらにムッとした表情をしてみせる。

すると、高科は声をあげて軽やかに笑った。

「そうそう。先日は面倒をかけちゃって悪かったね」

そうあっさりと続けると、高科は、香純へ向かってニッとした笑みを浮かべる。そして、すぐに聡のほうへ顔を寄せながら、ほかの話をはじめたようだ。

香純は、なんとなくホッとした。高科と、いままでと変わりのない関係が、これからも続けられる気がして嬉しく感じる。

そう思えただけで、まあいいかと考えた香純は、キッチンへ向かった。そして、買い置きをしていたクッキーを平皿へ乗せながら、香純は居間のふたりへ目を向ける。

しばらくそのまま、ふたりの様子を眺めていた。やがて香純は、次に高科と会ったときに言おうと思っていたことを、今日、口にする決心を固める。

キッチンから居間へ戻りテーブルに近寄ると、クッキー皿をふたりのあいだに置きながら、香純は高科へ、おずおずと切りだした。

「ねえ、高科さん」

「なんだい、香純ちゃん？」

ちょっともじもじとして言いづらそうな態度をしてみせた香純に、横から聡が声をかけた。

「香純さん、照れたそぶりを見せてどうしたんですか？　あ、高科さんへ告白するなら、俺は席をはずしますよ」

「ちょっと！　聡くん！　なんて冗談をいうのよ！」

真っ赤になりながら香純は、真面目な表情で口にした聡を睨みつけ、こぶしを振りあげてみせる。

「そんなことじゃなくて！」

「だったら、柄にもなく照れたそぶりなんてせずに、いままでみたいにはっきり言えばいいのに」

小さな声で続けた聡をひと睨みしてから、おもむろに香純は咳払いをしつつ、高科へと声をかける。

「えっとね。思う絵が見つからないときなんか、依頼されたら、高科さんが絵を描くって言っていたよね。ほら、たしか日帰りドライブに行ったとき」

「――ああ、言ったな。過去に数点、名作の模写をしたことがあるしね」

「だったら」

香純は身を乗りだして、ずいっと高料の顔をのぞきこむ。

「玄関のところに飾る絵、ほら、以前子犬の絵を飾っていた場所。あそこに、高料さんの絵を飾りたいなぁ、なんて。――高料さん、絵を描いてくれませんか？」

「俺の絵かね……？」

意外そうに目を瞠った高料へ、香純は顔色をうかがいながら言葉を足す。

「あ、模写でもいいんだけど……。でも、できれば高料さんのオリジナルで」

「俺の描く絵、ねえ。模写以外はあまりうまくないから、見せたくはないんだがねえ」

困ったような表情で、高料は顎鬚をなでる。

その様子に、ちょっとお願いする時期が早かったかなと考えつつも、次の言葉が香純の口からこぼれでた。

「それに高料さんにもうひとつ、お願いがあるんですよ。というか、ご提案！」

「え？　なにかな？」

驚いたように、高料は目を見開く。

「いままでのわたしは、自分はなにもせずに毎日を無駄に過ごしていたなぁって、反省したんです。だから、これからはもっと成長したいって思ったんですね」

「怖いなあ。なんだか聞くのが嫌だねえ」

苦笑いを浮かべながら仰け反る高科に、香純は瞳を煌めかせた。

「わたしを、高科さんのところでバイトとして雇ってもらえませんか？　バイトというより、助手って感じが好みだけど」

「え？　バイト？」

「そう！　雇ってくださいよぉ。いいでしょう？」

「バイトねえ……」

思案する表情となった高科へ、香純は畳みかける。

「働きもせずに親のすねをかじってお小遣いをもらっている大学生から、脱出したいなって思ったのよ。それに、高科さんのところなら、いままでのようなお宝探しや探偵みたいな謎解きとか、これからも面白い経験ができそうだもの。ね、お願いします！」

「いやいや、俺の仕事は絵画のバイヤーだ。探偵なんてする気もない。仕事を超えて依頼人の事情に、よけいな首を突っ込む気はないから！」

「そんなこと言っちゃって。依頼人の事情を知ったほうが、きっと気に入る絵が探せると思うのよ。ほら、わたしってけっこういろいろ役に立つと思いますよぉ？」

「でもなあ、香純ちゃん。おまえさんには、なんといっても絵画に対する知識と技術が」

「そこは高科さんが弟子を育てる感覚で、いろいろと伝授してくれたらいいと思うのよ」

強引に頼みこむ香純と、まんざらでもないような表情で困っている高科。

そんなふたりを、聡はクッキーをかじりながら「あ〜、これは押し切られるな……」と冷めた目で眺めていた。

呆れた表情で成り行きを見守っていた聡は、ガッツポーズをする香純と、椅子の背にもたれかかった高科へ向かって声をかける。

「香純さん、バイトの採用おめでとうございます。それに、これまででも高科さんの仕事に貢献してきた部分ってありますよね。依頼人紹介とかいろいろ。どうです？　高科さんから香純さんへ、なにかひと言」

「え、ちょっと、聡くん？　貢献だなんて、そんな。別に……」

香純は聡のほうへ振り返り、慌てた様子を見せる。

とたんに横から、高科の声が響いた。

「いや、これまでも、いろいろ世話になったよ。それに聡の言うとおり、なにかしなきゃなと思っていたんだが。なあ、香純ちゃん」

その思いがけない優しい声音に、香純はゆっくりと、高科のほうへ振り向いた。

高科は、自分の右手の薬指にはめていたシルバーリングを、おもむろに抜く。それを、香純の目の前に掲げてみせた。

「香純ちゃん。ラファエロって、知っているかな？」

細かい模様を施した指輪を見せられながら、香純は、高科の意図がわからずに首をかしげる。

「イタリア・ルネサンスの画家で、代表的な作品は『アテナイの学堂』など。古代ギリシアの哲学者たちを描いたとされている大きな絵だ」

「それって、たしかバチカン宮殿所蔵のフレスコ壁画ですよね。哲学者たちの中に、ラファエロ自身を紛れこませてカメラ目線にしている絵」

高科の言葉に、聡があとを続ける。それを聞いた高科は、ニヤリと笑みを浮かべた。

「そう、それ。香純ちゃんは、観たことがない絵だったら、一度ラファエロ探しをしてみたら面白いかもな。――そして、この指輪」

ようやく本題に入った高科は、怪訝な表情を浮かべている香純へ向かって、ふいに表情を引きしめてみせる。

「やわらかく、優しいタッチで女性を描くラファエロの作品のひとつに、『アラゴンのジョアンナ』という絵がある。その絵に描かれた美しい女性がはめている指輪とそっくりなものを、俺は偶然アンティークショップで見つけてね。これは、そのとき交渉の末に、ようやく手に入れたものなんだ」

そこで言葉を切った高科は、ふいに香純の右手をすくいあげると、中指へその指輪をはめる。驚いて目を見開く香純に、器用に片目をつむってみせた。

「バイト採用祝いということで、香純ちゃんにプレゼントだ」

夢心地で、香純は高科の言葉を聞いた。そして、ほうけたように自分の手の甲を、目の前にかざしてみる。

出会ったころから、ずっと高科の指にはまっていたリングが、いま自分の指にある。それが、香純にはとっても不思議なことのように思えた。

「――へえ。香純さんも指輪をもらったら、そんな表情をするもんなんですね。女子力も形から入っていけるものなんだ」

呆れたような聡のつぶやきが聞こえて、ハッと香純は我に返る。そして、たちまち顔を赤らめた香純は、指輪に手をかけて引き抜こうとしながら、上目づかいで高科のほうをうかがった。

すると、タイミングよく声がかかる。

「返すだなんて野暮なことはするなよ？　そこは、にっこり笑ってありがとう、だ」

高科からそう告げられ、香純は困った表情を浮かべる。

「あ、高科さんに返すんなら俺にください。アンティーク、好きだな」

「なんで聡くんに渡さなきゃいけないのよ！　わたしのバイト採用祝いなのよ？」

そう言い返したあと、慌てて香純は小さな声となって、高科へお礼を口にする。

「えっと……、ありがとうございまぁす」

そして香純は照れ隠しに言葉を続ける。

「いや～まいったなぁ。もらっといてなんだけど、指輪をプレゼントするのって、もらった相手は勘違いしちゃうんじゃないかなぁ？　うん、もちろんわたしはそんなこと、ないけど？　でも、一般的に指輪のプレゼントって行為は誤解のもとじゃないかなぁ……？」

そう口にしながら、チラリと高科のほうを見る。

すると、高科は右手の中指からシルバーリングを引き抜き、聡へ手渡した。

「で、こっちのリングは聡に。いつも手伝ってもらってるしな」

「やった。高科さん、ありがとうございます」

続いて聡も指輪をもらう様子を見て、思わず香純は「え～？」と不満そうな声をあげた。


珈琲を淹れるために、香純はキッチンへと向かう。

「まったく！　わたしと聡くんが同じ扱いって、どういうことよ……」

そうぶつぶつ言いながら、もらった指輪に目を落とした。

香純としては、あまりアクセサリーには興味がなかった。だが、いざこうして指輪というものをしてみると、そう悪いものでもないじゃない？という気持ちになってくるから不思議なものだ。

そのうちに、口もとがニンマリとにやけてくる。

「ま、しょうがない。サービスするか」

そうつぶやくと、香純は機嫌よく、食器棚の下段の扉を開けた。

そこには買い求めておいた、ふた袋の珈琲豆が並んでいた。片方にはキリマンジャロ、もう一方にはミックスブレンドの銘柄が記されている。

それらをとりだして笑みを浮かべると、香純はキッチンカウンターの上に置き、ケトルに水をためはじめた。

「えっと、なんだっけ？　『アラゴンのジョアンナ』？　またあとで検索しなきゃね。どんな美人と、お揃いの指輪なのかなぁ……」

居間では聡が、もらった指輪を興味深げに見つめながら、しれっと口にした。

「――高科さん。ラファエロの描いたジョアンナって、指輪なんかしていませんよね？」

「だよな。ちょっとからかい過ぎたかね」

悪戯めいた笑い声を立てる高科へ、聡は呆れたような声となる。

「きっと香純さんのことだから、すごい宝物を手に入れた気分で調べると思いますね。『アラゴンのジョアンナ』を」

「いやいや。いくらなんでも、そこまで単純じゃないでしょ」

「でも、高科さん。相手は香純さんですよ……？」

そのとき、湯が沸く音とともに上機嫌そうな香純の鼻歌が、キッチンから聴こえてきた。

ほらね、と言わんばかりの表情を向ける聡へ、高科は助けを求めるような半笑いの顔で応えた。

了

あとがき

こんにちは、国沢裕と申します。

このたびはたくさんの書籍の中から本作品を手にとっていただき、本当にありがとうございます。

楽しんでいただけましたでしょうか。

本作品は書き下ろしとなります。

あとさき考えずに行動する女子大生の香純、絵画専門バイヤーで鑑定眼を持つ高科、高校生とは思えない知識を誇る聡。彼らとともに、プチ謎を面白く読んでいただけたらなあと思います。

わたしは中学、高校と美術部に所属しておりました。残せるような作品を描けなかったのですが、学生時代からずっといままでも、絵画を観ることが大好きです。

絵画は、眺めているだけでも楽しいですよね。そこに、絵画が持つテーマや描かれたものの持つ意味、それを描いた作者の意図を知れば、もっと面白くなる気がするのです。

もともと絵画を観ることが好きな方、またはあまり興味のない方に、ぜひ絵画の持つ隠された裏話を知ってもらえたらなと、前々から考えておりました。

そんな絵画を題材とした作品を書きたいと思っていたところ、このような機会をいただくことができて、本当に嬉しく感じております。

絵画初心者の香純とともに、少しでも皆さまに、絵画への興味が深まれば幸いです。

中村至宏さま、とてもすてきな表紙を描いてくださり、ありがとうございます。

また、本作品の制作に携わってくださった皆さま、ご尽力をいただきありがとうございます。そして、この作品を手にとってくださった皆さま、心から感謝いたします。

また機会があれば、ぜひ皆さまにお会いしたいです。

二〇一七年七月

国沢裕

この物語はフィクションです。
実在の人物、団体等とは一切関係がありません。
本作は、書き下ろしです。

参考文献
『新版　遊びの百科全書2　だまし絵』種村季弘・高柳篤（河出書房新社）
『マグダラのマリア―エロスとアガペーの聖女』岡田温司（中央公論新社）
『図解　知れば知るほど面白いギリシア神話』吉田敦彦監修（洋泉社）
『ワイド版　101人の画家〝生きてることが101倍楽しくなる〟』早坂優子（視覚デザイン研究所）
『怖い絵　泣く女篇』中野京子（KADOKAWA）
『フェルメールの光とラ・トゥールの焔――「闇」の西洋絵画史』宮下規久朗（小学館）
『ハウステンボス・コレクション　M．C．エッシャー』ハウステンボス美術館編（ハウステンボス美術館）

国沢裕先生へのファンレターの宛先

〒101-0003　東京都千代田区一ツ橋2-6-3　一ツ橋ビル2F
マイナビ出版　ファン文庫編集部
「国沢裕先生」係

ファン文庫

迷宮のキャンバス

2017年7月20日　初版第1刷発行

著　者　　国沢裕
発行者　　滝口直樹
編　集　　田島孝二（株式会社マイナビ出版）　鈴木洋名（パルプライド）
発行所　　株式会社マイナビ出版
〒101-0003　東京都千代田区一ツ橋2丁目6番3号　一ツ橋ビル2F
TEL　0480-38-6872（注文専用ダイヤル）
TEL　03-3556-2731（販売部）
TEL　03-3556-2736（編集部）
URL　https://book.mynavi.jp/

イラスト　　中村至宏
装　幀　　徳重 甫＋ベイブリッジ・スタジオ
フォーマット　　ベイブリッジ・スタジオ
DTP　　株式会社エストール
印刷・製本　　図書印刷株式会社

Fan
ファン文庫

レストラン・タブリエの幸せマリアージュ
～シャルドネと涙のオマール海老～

著者／浜野 稚子
イラスト／はしゃ

読むとちょっと元気になれる、
女子ふたりの仕事と恋と友情の物語！

仕事にプライドも愛着も持っているけれど、
三十歳目前に将来について悩む二人が、
とあることから仲良くなり、一緒に暮らすようになる……。